弹弓少年

Dan Gong
Shao Nian

屈广清——著

中国文联出版社

图书在版编目（CIP）数据

弹弓少年 / 屈广清著 . -- 北京：中国文联出版社，
2025. 4. -- ISBN 978 - 7 - 5190 - 5862 - 3

Ⅰ . I247. 5

中国国家版本馆 CIP 数据核字第 2025SW7310 号

著　　者　屈广清
责任编辑　李　民　周　欣
责任校对　秀　点
装帧设计　中联华文

出版发行　中国文联出版社
地　　址　北京市朝阳区农展馆南里 10 号　　　　　邮编　100125
电　　话　010 - 85923025（发行部）　　　　　85923091（总编室）
经　　销　全国新华书店等
印　　刷　三河市华东印刷有限公司

开　　本　710 毫米×1000 毫米　　　1/16
印　　张　14
字　　数　188 千字
版　　次　2025 年 4 月第 1 版第 1 次印刷
定　　价　68. 00 元

目　录
CONTENTS

第一章　老叟者漫天撒网找线索
小警察顺藤摸瓜查窃贼

词曰：争勋索解正元华，似一家，效勋抓。自主协力，韵沁赛芬花。双照上心是箭矢，繁谱式，实则差。

全策捣力同开发，水平华，忌偏狭。广渊谈用，真技胜渣渣。理论建设重健制，机先行，共齐拿。

话说我不是一个真正的旅游爱好者，一年也出去游玩不了几次，没有想到，这次一出门，就失去了相伴多年的银色老电脑。因为老电脑还有历史使命没有完成呢，不能临阵脱逃，也不能半途而废呀。此时，我的心态极度焦虑。平时相依为伴的太阳也突然隐藏起来了，天色一下子变得非常阴暗，雨水一阵一阵地落，增添了愁绪。花盆里的花似乎也失去了香味，显得无精打采。细雨被微风轻吹，透过纱窗，飘在了人的脸上，脸颊上感觉到隐隐的发痒，不由得用手去抓。焦虑一阵一阵地在心里翻腾，心里也感觉到隐隐的发痒，不由得用手去挠。不知道怎么的，牙齿开始感觉到隐隐的发痒，不知道怎么用手去对付，这是恨的。

老电脑原本放在我那杂乱无章的书桌的显眼位置，书桌上放着大大小小的水杯，业余体育比赛的奖杯，校友会的荣誉牌匾，电烧水壶，茶罐，电吹风，坚果礼包，电插板及混杂纠缠在一起的电线。但现在，满满当当的书桌的中心位置突然空出了一块，那是放电脑的地方。书桌旁边窗户上的防盗网被切割断了一根，毫无疑问，老电脑是被偷走了。

老电脑的丢失，让我进一步认识到建设法治社会、平安社会的重要性。法安天下，是大家共同的奋斗目标。就像交通规则，只有人人都来遵守，才能安全行驶无阻。只要有一个不遵守规则的，就会导致秩序大乱，轻者刮刮碰碰，重者车毁人亡。整个社会也是同理。

法安天下，首先要依法行事。于是及时报警后，警察来到现场，警察非常年轻，刚参加工作，老电脑案件可能是他侦破的第一个案件。他行吗？

小警察可一点也不含糊，立即忙忙碌碌开展有效的工作。通过查看物业的监控，小警察发现了一名瘦小个子的男子夜晚子时翻窗进入了室内，背着一个双肩包匆匆忙忙离开了小区。

通过进一步的查看发现了更多的监控资料：这个小区连续两天都有陌生男子在宿舍附近游晃，可能是在踩点。小警察初步断定，这些人应该是一伙的。小区历史上已经出现几家被盗的情况。有的报了案，有的没有报案。

小警察进一步查看了现场，通过采用加比例尺的照相方法，粉末、烟熏等显现并提取手印等证据形式的方法，收集证据。小警察做完工作，然后安慰我让我在家里等他的消息。可一连几天没有消息。长时间的等待使人倍感疲惫，我依坐在书桌前，恍恍惚惚，头脑昏沉，眼皮沉重，大脑一片空白……

突然，我的眼前电光石火一闪，瞬间天昏地暗，接着狂风暴雨，亲见一条金龙破门而入，盘桓于电脑桌上。我呆如泥塑，惊恐万分。少顷，金龙见我呆傻，遂摇头晃脑腾空而去。肉眼可见一道金光射向了远处，顺着金光汇聚形成了一个金光圈。金光圈不断旋转，内容变幻，我好奇万分，竟然能够看清远方的景物。突然，在金光圈内，我一下子看到了"满头银发"的老电脑：一个瘦小个子鬼鬼祟祟地从帆布包里拿出老电脑，交给一个电脑店的伙计，伙计的面相模模糊糊。然后电脑被伙计放置在电脑店的柜子里。我大喜过望，立即光速般赶到了电脑店，瘦小个子还没有离开，与伙计在角落嘀嘀咕咕。我趁其不备，悄悄打开柜子拿出电脑。突然，我身后的店门"啪"的一下被人迅速地关上了，两条黑影猛地扑向了我……

我吓出了一身冷汗，一下子醒了。原来是白日的一场梦。

睡觉就像手机充电一样，手机需要充电，如果一直不充电手机就会停止工作；人需要睡觉，如果一直不睡觉人就可能会停止生命。手机停止工作再充电即可恢复，人停止了生命就会一直长眠而不可恢复。所以，睡觉之于人而言，更加重要。手机充电有快充慢充，人之睡觉也有快充慢充，中午短暂的快充会使下午精力旺盛。人与手机不同的是，人会强制自己充电，无论何时何地，人困马乏即可倒头就睡。手机则不会自动充电，也许以后的科技发展会实现手机自动充电的功能。

"二月饶睡昏昏然，不独夜短昼分眠。"多梦的季节，多梦的年纪。梦与手机充电不同的是，梦会给人提供许多自己不知道的知识或者信息，许多科学家的发明发现就得益于梦的提示。如门捷列夫发现化学周期表、法拉第发现苯等，都来源于梦中的发现。埃利亚斯·豪发明的工业缝纫机也是来源于一个可怕的梦。按照缝纫针的构造，针线的洞位于针尖相反的另一头，如何能够让线先穿过布料呢？这是缝纫机不同于手工操作所要解决的一个关键问题。埃利亚斯·豪无法解决这个问题，在冥思苦想中，他不知不觉地睡着了。恍恍惚惚的睡梦中，突然，一件可怕的事情发生了，一群张牙舞爪的原始野蛮人要用长矛砍掉他的头，埃利亚斯·豪拼命地躲避着无数近在咫尺的长矛，但无济于事，埃利亚斯·豪绝望地闭上了眼睛，但在闭眼的一瞬间，他清晰地看到了这些长矛的尖头上都开着明显的孔洞。

埃利亚斯·豪被吓醒了，大汗淋漓。埃利亚斯·豪突然记起了砍他的长矛的尖头上开着的孔洞，他立即茅塞顿开：长矛的尖头上可以开着明显的孔洞，缝纫机的尖头上为什么不可开孔洞呢？于是他放弃了传统手工缝纫的原理，借鉴长矛的尖头上开孔的做法，设计了针孔开在针头一端的曲针，配合使用飞梭来进行锁线。从此，真正实用的工业缝纫原理诞生了。[①]

所以，梦都是伟大的，只要还有梦，就会有希望。梦给了我指示，我肯定不能视而不见，这可是与埃利亚斯·豪一样的天赐良机。虽然也可能暗藏梦中所提示的风险，但梦不是反的吗，也许梦想事成呢。我忙碌起来，开始一家一家的电脑店去寻找，试图发现梦中的场景。

不知不觉到了一个城乡接合部的偏僻地方，豆大的汗珠顺着两鬓滴了下来，我停下了脚步，想休息片刻。突然，一家电脑维修店映入眼帘。

这是一个并不引人注目的电脑维修店，没有名称招牌，从外表很难判断是一家电脑维修店。我的眼光特别尖锐，透过店里若明若暗的灯光，我看到了其柜台上摆放的旧电脑。

我忘记了劳累，走进询问，知其的的确确是电脑维修店，业务包括维修、租售电脑、收购旧电子产品。

电脑维修店门面不大，店里的电脑品种不多。我有些失望，正要离开，店主突然神神秘秘地凑近说："看你是诚心买电脑，如果没有看中的，后院还有一些货，要不要看一下？"

我没有抱太大的希望，只是本能地点了点头。

[①]　王平. 幸运不是天生的是设计出来的［M］. 北京：企业管理出版社，2009：137.

店主也点了点头，好像我们俩是在接头对暗号。

此时店里没有其他的顾客，店主随手关上了店门，带我来到了后院。

没有想到，电脑门面的后面，还有一个面积不小的后院。说是后院，其实是一个四四方方的废旧仓库。尾随店主进入仓库，看到琳琅满目的旧彩电、冰箱、洗衣机、电子产品堆了满满一院子。

我仿佛看到了希望，立即埋头在旧电脑中寻找起来。但很快，我就隐隐约约感觉到了背后有一双火辣辣的眼睛一直在盯着我。

我想到了那个梦，打算放弃寻找。但又心有不甘，仿佛听到了时断时续、似有似无的嗡嗡声，老电脑特有的嗡嗡声。

突然，我眼前一亮：我的老电脑竟然藏身于三角桌上一堆电脑之中，是它满头银发、风度翩翩的特有气质把它凸显出来了，不会有错。我一把抓住老电脑，兴奋地惊叫了一声："店主，就它了！"

店主微微有些吃惊，思忖片刻，他给我开了一个不菲的价格。我没有丝毫的犹豫立即答应了，连价也没有讲。怕店主反悔，我立即抓过店主的手，顺势把钱塞入他的手中。

不料，店主突然冷笑一声，大声说道："这个电脑不卖了！"店主的突然变卦，让我有些措手不及。

我有些生气："为什么不卖了？"

"不卖就是不卖，哪来那么多为什么？"店主的态度突然变得恶狠狠起来。

我忽然明白了，是我对这个电脑太感兴趣的反常举动，引起了店主的怀疑。

"好吧，那就算了。"我抽身返回，想要脱身：这里与电脑偷窃案一定有关联。

一双粗壮的胳膊飞快地拦住了我，我清晰地看见胳膊上各文了一条张牙舞爪的龙："你现在还不能走，你是来找丢失的电脑的吧？等我们将东西弄好后再放你！"店主讲的"弄好后"肯定是要转移电脑。

我说："你跑不了了，我被偷的电脑就在你这儿，警察会发现你们的！"说完此话我就后悔，不能现在打草惊蛇。

果然，店主恼羞成怒了，拦我的胳膊向下弯曲，顺手抄起了地上的大木棍。店主目露凶光，一步一步地向我逼来！我暗叫不好，飞快地转身，拔腿就向出口跑去。突然，我听到一声沉闷的声音，仿佛是后脑勺遭到重重的一击，我顿时两眼一黑，栽倒在地。

第二章　里岱奶奶精心培育革命后代
草帽兄妹一意报恩中年大叔

词曰：一挥弹指几旬间，赶前瞻，重团圆。旦旦心蚀，时岁呈宽闲。北往南来东又去，烦有难，不经天。

归根落叶路蹒跚，过关关，非一般。暮色匆匆，耄老未及恋。最好人生少年伴，金恁换，世无缘。

根据天文物理的理论，我们之所以能够看清事物，是因为借助了光。但光的传播需要时间，因此，我们无法看到此时此刻的事物，我们看到的都是它的过去。如太阳离地球 1.5 亿公里，以光速飞行的话，也需要 8 分钟才能单程到达。所以，在太阳上看到的地球的事物情景，是 8 分钟之后的情景。把距离进一步拉远，在该距离看到的地球的事物情景，就是陈年旧事了。

夜幕拉上了，只剩下死气沉沉的黑，可怕的静。所有的色彩、声音，甚至尘埃，都被吞噬得干干净净，无影无踪。一道金束如流星般一闪而过，穿透夜幕，消散夜空，如烟而去。如烟的记忆在飘散中快速地被整理、被删除，我的头脑突然一沉，随之而来的是越来越轻松，越来越空洞，但什么也抓不住，一件件、一桩桩往事，像放电影的快进或者快退一样迅速地从我眼前飘过，仿佛是鲜活的展示。58，47，36，29，16，5……咔嚓一声山崩地裂的巨响，大脑瞬间完全被掏空，它们彻底抛弃了自我，越飘越远……

春天悄然而至，五颜六色构成了春天绝美的画卷。温暖的阳光透过薄薄的云层，轻轻地播洒在大地上，带来了春天的气息与味道。

诗曰：鸟语满窗闻，花香暗入门。万千都未变，只换又一春。

春天是美好的，但我对春天的初始记忆却并不那么清晰。20世纪60年代的春天，与今天的春天有什么不同，人们无法比较，因为那已经是遥远的往事了，但我的眼前缥缈的却是真实的虚幻，记忆重新开始清晰起来。

据说三岁前小孩的记忆是要被上帝刻意抹去的，那里面留存有什么内容是人类的一个解不开的谜。只知道，三岁前我在×市的里岱公社（现在叫镇），母亲是里岱小学的教师，父亲在市中学教书。父亲高中是在市里的重点高中四中读的，农村孩子能够读市里的重点高中是不容易的，首先得学习成绩好，其次家里要有决心供孩子去读书。父亲在四中的成绩是名列前茅的，本以为能考上大学，不料，考前的体检，发现他的肺部有阴影，体检医院说不出来是什么问题。体检结论只是说肺部有问题。相关部门的人员看到问题两个字，就没有通过父亲的考试申请。一些成绩不如父亲的考生，考上了大学。父亲不服气，到了一家更高级的医院去复查体检，结果发现肺部没有阴影，父亲号啕大哭，并提出要上告。四中领导知道此事，担心父亲上告把事情闹大，就找到父亲说愿意将他留校工作，体检的事情就不要再提了。农村的孩子一下子有了正式工作，高兴得欢天喜地的，立马把体检报告撕得粉碎。有了正式工作，不仅能够养活自己，还能够给父母一些帮助，父亲感到比上了大学还高兴。这种满足的心态使他十分看重工作，想方设法把工作做好。父亲的写作能力很好，留在四中教语文，后来被市里的办公室调走，给领导写讲话稿。

　　母亲是初中毕业，由于里岱小学缺老师，被录用为该校的教师，教小学语文。这说明当时的初中以上文凭含金量是十分充足的，甚至能够找到体制内的工作。这足以让现在的大学生研究生羡慕。更让人羡慕的是，初中高中毕业就有了工作，养老保险中个人工龄非常长，养老金也十分划算。

　　遗憾的是，父母不在一起工作，我只有跟随母亲。家里的老人不在身边，无法帮忙照顾，母亲就把我托付给了当地的一对老年夫妻照顾。这个老太太，就是里岱奶奶。里岱奶奶的老伴里岱爷爷，是一个几乎没有头发的矮个老头。

　　据说里岱奶奶年轻的时候身材高挑，五官精致，十分优雅漂亮，年纪大了也依然保留着年轻时的身段轮廓。她自带白净，特别爱干净，每天把自己打扮得利利索索的，讲话不快不慢，特别有逻辑性。她有过带孩子的经验，照顾小孩特别细心周到。后来年纪大了，就不再轻易接受带孩子的事情，许多类似的活都拒绝了。

　　母亲是抱着试探性的心态去找的里岱奶奶，因为保姆实在不好找。当地的妇女，都有自己的孙子孙女要照顾，没有精力照顾别人的孩子。里岱奶奶还没有抱上孙子，所以成为目前寻求的对象，如果不成功，再继续寻找保姆。

　　母亲见到了气质高雅的里岱奶奶，也惊讶得不知道说什么好，一时闭口不敢奢谈保姆的事情。这是保姆吗？母亲怀疑地揉揉眼睛，这不是上海滩的上流名媛嘛。

　　没想到里岱奶奶看到我第一眼的时候，竟然一下子答应了下来，说小孩浓眉大眼，白净、干净，与她有缘。"好咧，再照顾一个。""再照顾一个，好咧。"她笑呵呵地说。

　　母亲说："谢谢您，费用每月给您。"

里岱奶奶有些生气地说:"说到费用,我就不高兴了,不许提费用。我与孩子有缘,发挥一下余热,也免除你们老师的后顾之忧。"里岱奶奶说得有条不紊,说完就把我抱过去,美滋滋地亲了我一口。

母亲便不敢再说费用的事情,心想以后可以通过柴米油盐等实物方式进行补偿。

事实证明,里岱奶奶的照顾是实心实意、全心全意、无微不至的。无论母亲什么时候去看我,课前、课后、饭前、饭后,或者采用三不两直的方式突然袭击,都发现老太太在尽心尽力地照顾小孩,不是抱着小孩,就是喂着小孩,或者是小孩骑在她脖子上作威作福,简直不要太亲了。这些记忆我是没有的,只记得白天的时候,一个短胡子的健壮中年大叔抱着我迈出了里岱奶奶住的平房的大门,走到了屋外,看见了一个戴草帽的瘦高个,在装着红颜料的大桶里,用刷子蘸红颜料,往青色的砖墙上写大字,刷子像一条红色的小龙一样在墙上舞动,字体遒劲有力。除了这红色的记忆,其他记忆没有了。

短胡子中年大叔其实是里岱奶奶的独生儿子,他壮壮实实,非常英俊,但却一直没有结婚,里岱奶奶抱孙子的愿望终不能实现。所以当母亲找到里岱奶奶的时候,勾起了她的久违的母爱与亲情。母亲在与里岱奶奶闲谈中了解到,里岱奶奶的独生儿子原在公社当秘书,与我看到的那个戴草帽的瘦高个一样,负责在墙上写宣传标语。有次他把标语口号写漏了一个字,被发现而当作"反革命"关押了一阵子,谁也不敢跟他搞对象。

母亲听说后,非常同情里岱奶奶,于是安慰道:"您老也别太伤心,缘分到了,您儿子的婚事会水到渠成的。"

里岱爷爷沉默不语。里岱奶奶坚定地说:"我相信我的儿子,他是不会无缘无故犯错误的。"

母亲说："我的婆婆也是一个挺知名的媒婆，让她给您儿子物色一个吧，一定会让您满意的。"

里岱奶奶长叹一口气说："这孩子心肠好，不愿意姑娘受他的连累。唉，这傻孩子，什么时候考虑的都是别人。"

母亲也沉默不语了，是啊，那个时候，谁敢与"反革命"在一起呢？

里岱奶奶仍然口气坚定地说："我怎么也不会相信我的儿子是"反革命"，我打小就教育他又红又专，这些都刻进了孩子的骨子里。"

母亲对里岱奶奶投去了赞许的目光，心想，找里岱奶奶看护孩子，算是找对人了。

果然，里岱奶奶对自己儿子的了解是最正确的，多年以后，里岱奶奶的独生儿子被平反了。他被平反的那一天，曾经与他一同写宣传标语的那个戴草帽的瘦高个，带着他自己的老婆、儿子，来到里岱奶奶的家，泪流满面，长跪不起。

事实上把标语口号写漏了一个字的人真的就是他——草帽哥，而不是里岱奶奶的独生儿子。草帽哥妻子怀孕待产，里外忙碌，几乎很少休息，导致精神恍惚不集中，出现了标语内容上的问题。里岱奶奶的儿子知道草帽哥的妻子怀孕待产，为了草帽哥及其妻儿的安全，便主动认领了"罪行"。这一切都与里岱奶奶打小的教育有关啊。

话说多年以后，真相大白了，而此时，里岱奶奶已经几乎双目失明，丧失了记忆。草帽哥抱住里岱奶奶的独生儿子号啕大哭。里岱奶奶的独生儿子说："事情都过去了，一切都是最好的结果。"草帽哥痛不欲生地说："我一直活在阴影中，恨自己没有去说明真相。现在你虽然被平反了，但平反的原因是写漏标语的一个字不构成"反革命"。而事实上你还在替我背锅呀，因为字根本不是你写的。我要把事实真相公布于众。"里岱奶奶的独生儿子说：

"你这样做于事无补，不要总活在过去。"

草帽哥当即给里岱奶奶的独生儿子跪下了，连连磕头："哥你放心，你的父母就是我的父母，我会一辈子照顾他们。"里岱奶奶的独生儿子说："你有这份心就可以了。我的父母我会照顾的。"草帽哥说："哥你不答应我就一直长跪不起。"里岱奶奶的独生儿子见草帽哥神色严峻，面部刚毅，知道他会说到做到，于是说道："好，我答应。"里岱奶奶的独生儿子说完这句话，也已经是泪流满面。

不久，一个高个苗条的姑娘走进了里岱奶奶的家，自愿照顾里岱奶奶。她一直钦佩里岱奶奶的独生儿子的为人，后来与里岱奶奶的独生儿子走到了一起。这个姑娘就是草帽哥的妹妹。

里岱奶奶带了我三年，也是最艰难的三年，这三年的记忆多是通过别人转述的，通过转述，我对里岱奶奶的情感认同没有任何人可以替代。在里岱奶奶的精心照料和无微不至的关怀下，我度过了非常宝贵的幸福时光。

幸福的日子总是短暂的，天下没有不散的筵席，但即使是一个最高明的编剧也绝对想象不到，剧情会沿着这样一种意想不到的模式进行。我与里岱奶奶的分别带有绝对的偶然与千般万般的不情愿，但这也没有办法，可能是冥冥之中早有注定的吧。

里岱奶奶多了一个我需要照顾之后，她的生活工作量呈几何式增长，几乎没有休息的时间。特别是三餐时段，里岱爷爷在外面忙碌，家里的事情全由里岱奶奶一个人完成。里岱奶奶一边照顾我，一边要给老伴和儿子做饭。为了不耽误太多的时间，里岱奶奶都是以不太花时间的面条为主食，即在蜂窝煤炉子上架设铁锅，烧上开水放入面条就可以搞定了。不一会儿，铁锅里的水开始翻腾，雾气缥缈。这个时候里岱奶奶会像往常一样，放我下来，安排我在小凳上坐定，然后她快速返身去拿面条。这是个非常短暂的过程，通常我的眼睛还没看明白，拿面条的整个过程就结束了。

不料，这一次不同往常，人都是一天天长大的，人的本事也是一天天增长的。我突然在这一天，由量变达到质变地长本事了。比如说小孩子什么时候能开始走路，大人往往记不清楚，可能只是某个节点一瞬间的事情，即无数爬行的量变到站立质变的飞跃。但我这质变本事长得真不是时候，是在里岱奶奶返身拿面条这个非常短暂的空隙中，无人发现突然长的本事：我扶着小凳，居然生平第一次晃晃悠悠地站了起来。对一般孩童而言，站起来的后续动作就是行走，尽管歪歪倒倒的，但依然能够前行，直到达到一个可以使他停下来的地方。我也没有例外，歪歪倒倒地前行，手有些张牙舞爪的，去抓向近在咫尺的铁锅里的热气腾腾的雾，丝毫不知危险正在一步一步地逼进。

铁锅里的水咕嘟咕嘟全部沸腾了……

第三章 屋漏偏遇雨老土屋遇险
情厚兼友爱一家人化吉

词曰：神州大地只为年，邑乡还，宴觞欢。合家团聚，亲老再儿玩。意满心足时位显，甜瞬间，忘凄酸。

未归心系线一牵，不辑安，坐如毡。情绪无烦，共都盼翘圆。随风而去随尔辩，凝练力，固弥坚。

话说小孩子从不会走到第一次走路，是一个量变到质变的飞跃。而这第一次的站起走路，是偶然但也蕴含着必然，突然的进步会令小孩子十分兴奋，小孩子是会一直摇摇晃晃坚持走到目的地的。我当时就是这种兴奋的状态，哇哇地扑向热气腾腾的铁锅……

"咣当"一声巨响，铁锅滚翻在地，"哎——呀"伴随着一声凄厉的惨叫，痛得人如刀割喉。刚拿面条返身出来的里岱奶奶见此情景，整个人都僵住了，手里的面条撒了一地……

里岱小学，是一所春意盎然的校园，到处是望不尽的绿草绿树绿藤绿叶，连四周的墙壁上都充满天然的无限的绿意，爬藤争先恐后地攀爬，后续部队络绎不绝，喇叭花在发令助力，为它们鼓舞干劲。墙壁旁那一棵棵翠绿

14

的丰满的整齐的参天大树，都一起张开了宽大的翅膀，想要凭一己之力遮住阳光，为同学们遮阴，但阳光不甘示弱，焕发力量，力透叶背，不时在地面上留下了闪闪光亮，特别耀眼。校园里动静结合，十分和谐。

小学教室里，一阵琅琅的读书声传来，稚嫩的声音特别可爱："鹅鹅鹅，曲项向天歌。白毛浮绿水，红掌拨清波。"一个短头发的年轻女教师在领读骆宾王的这首诗《咏鹅》。这是母亲的教室。母亲总能用自己的教学方法，将孩子们的积极性调动到最高。你看，孩子们伸长了脖子，四肢做划水状，进入了忘我的亢奋状态。母亲正要对同学们进行表扬，突然，教室的门被猛烈地推开了，一位扎马尾辫的年轻女老师跌跌撞撞地闯了进来："张老师，大事不好，你孩子那边出大事了。"母亲惊呆了，人像傻了似的，身体摇摇晃晃地要栽倒，手里的书"啪"地掉在了地上。扎马尾辫的女老师赶忙扶住……

母亲急急忙忙赶到医院，医院走廊上一个头上缠着纱布的孩童躺在担架上，母亲不顾一切地扑上去，撕心裂肺地大哭。孩童的家长莫名其妙地注视着母亲。忽然，母亲发现了孩童的两根小辫，一下子停止了哭泣。

护士带母亲进入了病房，母亲一下子愣住了：病床上静静地躺着一个头上缠满纱布的老头，里岱奶奶抱着我坐在病床旁边，泪流满面。我还在对着病床咿咿呀呀的不知道是哭还是笑。

母亲赶紧接过我，看我完好无损，疑惑地问里岱奶奶："这……"

里岱奶奶老泪纵横，泣不成声："老头子……"

欧文·斯通说过，人生的命运是多么难以捉摸！它可以被几小时内发生的事情毁灭，也可以因几小时内发生的事情而得到拯救。在人的生命里，命运弄人，人之生死，变化如戏，变化无常。每个人的人生都为命运所左右，没有剧本，也没有彩排。但高尚的人，会使剧本改写。正如阿雷蒂诺所说，一颗高尚的心应当承受灾祸而不是躲避灾祸，因为承受灾祸显示了意志的崇高，而躲避灾祸显示了内心的怯懦。

里岱爷爷在我的生活中本是一个应该忘却的存在，他其貌不扬、默默无闻，沉默寡言，除了吃饭，难见身影。一般人很难觉得他与里岱奶奶般配。但对于我而言，里岱爷爷却十分可贵。

我突然地学会走路，歪歪倒倒地前行，手抓向已经近在咫尺的水咕嘟咕嘟全部沸腾了的铁锅，铁锅里烟雾缭绕，我仿佛被带进了一个虚幻的世界，真实的世界看不清了，或者根本不存在了……

在此万分危急的时刻，"咣当"一声门响，里岱爷爷推门回屋，见此危景，大吃一惊。说时迟，那时快，里岱爷爷没有丝毫犹豫立即飞奔过来拦我。说拦其实是不准确的，也是来不及的。里岱爷爷是去"铲我"。里岱爷爷本能的一个倒地飞铲，"咣当"一声巨响，铁锅瞬间被突来的外力触碰，侧翻在地，翻腾的开水"哗啦"一下子倾进了他的胸部。"哎呀！"里岱爷爷惨叫一声，眼前一黑，昏死过去。

里岱爷爷毕竟不是足球运动员，在我与铁锅即将近距离接触之际，只"铲我"而不触及铁锅，是根本不可能的事情。

里岱爷爷被紧急送去卫生院救治，虽然挽救了生命，但烫伤严重，需要较长时间的住院治疗。庆幸的是，当时摇摇晃晃的我被里岱爷爷飞铲到了另一个安全的方向，我被铲倒后因疼痛和起不来而号啕大哭。事实上我没有受伤，除了屁股被洒落地面上的热水烫了些小泡之外，其他地方因被包裹得严实，没有受到别的伤害。被飞铲后的疼痛很快就没有感觉了。我后来喜欢上了踢足球，是因为我想如果再碰到类似的紧急情况，我一定也会像里岱爷爷那样毫不犹豫地"飞铲"的。

母亲抱着我要向被白纱布包裹的里岱爷爷行跪，里岱奶奶拉住母亲说：

"这是应该的，换我也会这么做。只是你看，我现在要照顾老头子……"

母亲知道遭此变故，里岱奶奶肯定要全身心在医院照顾老伴。母亲说："应该的，我们再想别的办法。你们给孩子的一生树立了光辉的榜样，我特别感谢你们。"里岱奶奶依依不舍地看着我，刚擦干的眼角又涌出了大片的泪水。

母亲在里岱工作忙，一时难于找到保姆，于是准备将我送到东方公社即保大队（村）的爷爷奶奶家，由他们负责照顾。爷爷来接我的时候，我不知道发生了什么，只是睁大了眼睛四处打量。爷爷紧紧地把我搂在怀里，带回到了东方公社的小村庄即保，我回到了农村。

其实，小农经济时代的乡村是非常淳朴自然的，没有遭到任何污染的环境与食物，充满了人与自然的和谐。古人有很多诗词赞美乡村，如宋代雷震《村晚》：

> 草满池塘水满陂，山衔落日浸寒漪。
>
> 牧童归去横牛背，短笛无腔信口吹。①

又如宋代翁卷《乡村四月》：

> 绿遍山原白满川，子规声里雨如烟。
>
> 乡村四月闲人少，才了蚕桑又插田。②

这两首诗描写的农村景象非常真实，家乡的牧童多由一位老者师傅带着，放牛放马，牧童骑在牛背上，扬扬自得，老者则多牵牛牵马步行。乡村

---

① 施绍文，沈树华. 绝句三百首：注释本［M］. 杭州：浙江古籍出版社，1999：146.
② 梁文娟，史言喜，张香竹. 中华经典名篇选编［M］. 郑州：河南科学技术出版社，2013：94.

基本没有闲人，都是一天到晚忙忙叨叨的，不是种棉就是插田。

繁忙的农村到处都是炊烟袅袅，烟雨朦胧，鸟语花香，绿树成荫，草木茂盛，沟渠纵横，漫山遍野牛羊成群，蓝天白云与清清流水交相辉映，无知的孩童们欢快地捉着迷藏，或者捉着停留在菜园子蔬菜上的小蜻蜓、花蝴蝶。累了，就脱光衣服，跳进池塘的水中扑腾几下，惹得鸭子嘎嘎乱叫，青蛙上蹿下跳。吃饭的时候，母亲唤儿的声音此起彼伏，整个村子都听得见，水中的孩童们鱼贯上岸，噼啪噼啪地各回各家，然后端着个饭碗大呼小叫地走了出来，你吃我一口，我吃你一口的，嘻嘻哈哈的没个正形。空气中隐隐约约飘来稻花的幽香，农舍旁边的竹篱笆上，夹杂着各式藤蔓与木槿花，艳丽得照人。

诗曰：春迹应何寻，须看赶路人。晨沾花露雨，夜享寂无尘。

即保是东方公社的一个大队，爷爷奶奶住的老土屋就在这个村里的第八组。这个老土屋看起来有些年纪了，具体我也说不清楚。老土屋也是我出生的地方。这个老土屋面积不大，土砖土木结构。上屋正房是一排三间的平房，中间是堂屋，两边是厢房。堂屋与厢房的隔断墙用的是麻秆、竹竿，将麻秆、竹竿连成排用绳子穿起后一起固定在房屋的两根立柱上即可。麻秆、竹竿隔断墙上糊上报纸，看不出来里面的材料。整个房屋没有窗户，所以白天的时候都是大门大开，否则，屋内立即漆黑一片。厢房用来住人，堂屋其他的位置堆些杂物。堂屋正中靠里墙是一座用泥砖砌成的立柜，可以装些储藏物。立柜的正上方张贴着领袖的标准像。泥砖砌的立柜也是奶奶的售货台，奶奶业余卖些小百货，厢房也兼有库房的功能。右边厢房与隔壁屈家太奶奶的小儿子七爷的家共用一堵砖墙，是七爷家先盖好了房，为了节约成本，也为了节约占地，就在七爷的房墙上直接搭盖，显示了两家的亲密无间。左边厢房与舅爷家相邻，但房子中间有一条一米宽的窄小通道，通往后院。七爷、舅爷都是爷，爷爷让我叫他们的时候，我怎么也不叫，认为爷爷是骗我的：哪有叫人"骑"爷的，爷能"骑"吗？还有"旧"爷，更加不可能，难道还有"新"爷？糟老头子们都坏得很！

隔壁太奶奶与七爷住在一起。隔壁太奶奶德高望重，虽年至耄耋，但身体康健匀称，步履轻盈，仪态大方，可以看出她年轻的时候，一定很具风采。太奶奶自始至终非常讲究整洁干净，注重仪表。只见她：黑黑方巾盘头，戴布绒青柔帽，发似初瀑，衣衫宽松，腰束软带，绑带缠腿，脚步轻稳。手提旱烟杆，脸露微微笑。不仅耳聪且目明，而且不怒自带威。

隔壁太奶奶一共生了7个儿子。

老太太的大儿子在信用社工作，他生了5个儿子，想要个姑娘，后来看不到希望了，就停止不要了。但把小五当姑娘打扮。很长时间我们在一起玩，也没有发现这个秘密。有的小伙伴还挺喜欢这个"姑娘"。太奶奶的二儿子在税务局工作，有儿有女，非常幸福。老大、老二虽然在县城工作，但他们的婆姨都在队里，继续靠工分吃饭。其他几个儿子、媳妇都在农村。小儿子后来接替有子当了队长。

隔壁太奶奶多子多福，儿子们都很孝顺，每天晚上农村的儿子们都要来请安，然后陪老太太聊天，老太太足不出户，天下事尽知。爷爷论起来与他们是另外一个分支的兄弟，有时也凑过去听他们聊。爷爷的话不多，平素都是听他们在说。老太太最后总结，明确明天的工作方向和工作任务。老太太随最小的儿子住，但单人单间，自己照顾自己，还能自己做饭吃。她每天把屋里屋外打扫干净，把自己也打扮得干干净净，然后美美地抽上一袋旱烟，有时候抽上几口，又把她的旱烟杆递与爷爷，由爷爷接着抽，然后递来递去的，最后两人合作完成抽一袋旱烟的任务。

太奶奶抽上旱烟，神清气爽，精神抖擞地倾听几个儿子汇报工作。老大老二在县里工作，他们是周末回来向太奶奶汇报工作。隔壁太奶奶的丈夫去世了，太奶奶就是家里的老太君，就连宗族里的事务也都要听听老人家的意见。

太奶奶常说的一句话就是："不管你们在外混的，还是在家混的，都要清清白白做人，对得起祖宗。"儿子们点头称是。整个宗族里也都是这么遵守的。

如前所述，爷爷奶奶在建房屋的时候，共用了七爷家的一堵墙。这堵墙是两家的最核心所在，所以两家的床都挨着这堵墙。但也有不方便的时候，因为这堵墙太单薄，有时候两边人的讲话对方都能够断断续续地听见。正因为这样，爷爷奶奶吵架时，有时会突然降低声音，显得有些滑稽。而墙的对面，可能保密工作做得好些，也可能是更加和谐一些，根本听不到吵架的声音。

老土屋的屋前是一茅草搭盖的厨房，低矮窄小。厨房里突出位置是一台土垒的灶，灶后堆些柴火，灶前是一个土台，放些锅碗瓢盆。土台旁是装水的大水缸，水缸里的水一般都是满满的。老土屋前的院子里堆满了备用的柴火及草秆。由于厨房很小，小得连一张餐桌也摆不进去，所以吃饭的餐桌只好摆在前院的柴火旁。如果遇到下雨，餐桌会摆回堂屋里，或者大家就在灶台边吃饭。

茅草厨房的再下面是猪圈、鸡舍。猪圈里养了一头猪，鸡舍里养了几只母鸡。猪圈与鸡舍中间有隔断，以免相互打扰。在农村，养鸡都是养母鸡，因为母鸡可以下蛋，每天都可以从鸡窝里捡蛋吃。当然公鸡也有它的用途，公鸡叫鸣可以提醒时间。不过鸡叫的声音大。唐伯虎诗曰："平生不敢轻言语，一叫千门万户开。"一只公鸡叫，千户万户都能够听见，至少全村的人都能听得见，所以不是每户都养公鸡，以节约成本。养公鸡的人家起床后，也是看见公鸡就气不打一处来，看不惯它趾高气扬的样子："没用的家伙，躲远点去。"把公鸡赶走后，然后给母鸡喂食。这种重女轻男的后果造成了鸡界男女比例的不平衡，鸡女光棍比较多，形成鸡界的社会问题，值得专家研究。

但猪是要养公猪的，老母猪下崽虽然可以卖钱，但养母猪成本太高，极不划算，所以不如直接买猪崽。而且农村人母猪下崽后，也会送人。但母猪下的母崽，送人就没有人要，只有自己养了。公猪除配种的猪外，都要在小时候实施"太监"手术（劁或骟猪，劁是公母均适用，骟只适用公的），以利其心无旁骛地快乐成长，减少攻击性，还可助其提高食欲及美化其肉的可口度。而且，实施"太监"手术后的公猪还有一个可喜的变化，就是性情大变，温柔和顺，贪吃贪睡，十分可爱，成为一些想躺平的美女的人生奋斗目标。

爷爷养的这头猪不知道是买的猪崽还是别人送的猪崽，但爷爷对这头猪显然比对我还上心，一回家就给它喂乱七八糟的食物。可能是爷爷在地位比他低的物种那里，找到了自己男子汉大丈夫说一不二的自尊，或者爷爷特别同情地位低的物种，或者根本就没有那么多的或者。

久而久之，那头猪一见爷爷就兴奋，就点头哈腰地胡乱哼哼，可能是想进一步地骗吃骗喝。但爷爷不这样认为，他认为这是猪对他的高度认可，故时常抚摸其猪头，做惺惺相惜状，然后又想走过来摸我的头，我特别嫌弃，便躲得远远的。

时下的猪已经被爷爷养得膘肥体壮，势大力沉，典型的一个大肥猪。但不知道这只猪劁没劁，它好像没有别的猪那么温柔和顺，该猪也不一味地贪吃贪睡，好像还有别的什么精神追求。它经常在老土屋地基处哼哼唧唧拱土磨牙，可能大肥猪仍然保留着对异性的好感，追得母鸡四处乱飞。

老土屋虽然面积不大，但这里后来被认为是风水宝地，毕竟我父亲、母亲都是第一个走出乡村，到市政府部门工作、小学教学的吃商品粮的人。再后来我又是村里第一个大学生。所以老土屋一直被保存着。老土屋不仅对得起我们，而且老土屋的左邻右舍都跟着沾光，他们的后代中有的考上研究生，有的出国学习工作，有的在政府部门工作。这里的风水真的是与众不同。

老土屋正前方是一个小广场，小广场左右两边各有一个半个标准足球场大小的池塘（右边池塘直接靠着小广场。左边的池塘与小广场之间隔着七爷家的菜园子，即小广场的左边靠着七爷家的菜园子，菜园子左边靠着池塘），风水可能由此而生，因为俗话说，"水是山家血脉精""山管人丁水管财"。这两个池塘方位形状不同，一左一右，一圆一方，但都水质干净，清澈见底。水面常年漂浮着青苔，微风袭来，荡起阵阵涟漪，波光粼粼。池塘四周有许多野芦苇、草藤，蛙鸣其间。苗条美丽的杨柳树枝常常弯腰洗脸，以水面作镜梳妆打扮。池塘里不乏鱼儿，不时露头观望身边的局势，探听消息后很快又入水不见了，一会儿，一群鱼又忽隐忽现，交头接耳地互通信息。休闲时光，女人们经常在池塘边洗衣物，石板上的捣衣声此起彼伏，小孩子不时往水里投个小瓦片或者石头子，水面泛起阵阵清波。男人们则坐在池塘边的老槐树下码牌、聊天，头顶上自制旱烟、廉价纸烟的烟雾四周弥漫。

关于屋前的池塘风水问题，事实上是存在争议的，农村人虽然见识不多，但也不乏能人，不过能人们的观点并不一致。能人甲认为屋前如果有三口塘（品字塘），家财万贯人丁旺。如果只有两口塘，像人的两只眼睛里面存着泪水，是不好的。能人乙认为，两口塘可以互通有无，相互帮助调节气候与水流量。对其不好的方面，可以采取一些措施如增加植物、花园等对水进行装饰，围住池塘，或者调整池塘的位置，或者在大门两边放置石头雕塑，或者在门背后挂上化解门冲的五帝钱等风水挂件进行改善。能人丙认为，如果池塘已经有了，则把坑填平，使之成为开阔的平地即可。

由上可见，老土屋门前池塘是存在争议的一个问题。因此，老土屋可能还另有风水。能人丁认为，事实上老土屋的真正风水是门前有一条横路，叫有门路。这条路是村民住户的中间大通道，进出村子的必经之路。俗话说门口有横路，儿孙多富贵。因为门口的横路会带来交通的便利，财运的聚集，信息的灵通。能人戊认为，老土屋的真正风水是屋后种的松树。

老土屋屋后是比小广场面积更大的后院，种了一棵大松树。大松树树干笔直粗壮，高大威风，枝繁叶茂，苍翠欲滴。俗话说："屋后若有松，家出百岁翁。"大松树冬可防御寒流，夏可遮挡阳光，是风水的自然调节器和空气净化器。

事实上老土屋的后院也有一条公路，但能人们没有关注。该公路是唯一一条连接即保与相邻公社的道路。横穿过这条公路，就可以抚摸到即保小学的围墙。即保小学属于即保大队，位于各小队（现在叫组）的中心地段。即保大队由十二个小队组成，各队人数多寡不一。我们小队大概有一百户人家，姓屈的居多。我虽然被认定为屈原的第 71 代孙，但遗憾的是，由于年代久远，族谱刊录残缺不全。但根据各大图书馆的史料分析，当地的屈姓分支属于屈原后代的可信度较高。

即保这一支屈姓分支，可能是外地迁徙而来的，也可能是土生土长的，如果是土生土长的，则属于屈原后代的可信度还会增强。因为一般认为，楚国有五大都城，丹阳、郢都、鄀都、陈都、寿春。这些都城都是在×市或者在×市附近。也有人认为×市宜城也是楚古都，目前的楚皇城遗址，就位于宜城。宜城古称鄢城，也称郢城，屈姓子孙居住宜城是合情合理的。屈原虽然出生在秭归，但是工作生活地在楚国的都城，秭归并非都城。就像妈祖，出生在莆田，工作地在泉州天后宫。所以，屈原后代居于宜城即俲等地，是工作的需要。

词曰：里岱东方胡家庄，毛家洼，王子岗，白起长渠，楚国车马光。自忠将军纪念园，庞居洞，皇城央。

黄宪集里博物芳，老鸹仓，郑湖香。曹家楼群，东周娃子乡。万洋州中松林寺，朱家岭，南门旺。

值得注意的是，探究宜城屈姓的历史，也要联系整个屈姓历史的发展。事实上，屈及当时的楚王熊都不是一个姓，而只是氏，氏是属于姓的。屈、熊等氏他们共同的上级姓是芈。屈、熊都是芈下面的分支，当然芈包括但不限于屈、熊。历史上，屈、楚同支，屈、熊同支。楚武王熊通将其第三子熊瑕派往屈地，熊瑕遂改氏为屈，成为屈瑕。事实上芈姓氏中的重要人物灿若星辰，有屈原、项羽、白起、米芾等。随着历史的发展，芈姓中的氏，现在都演化成了一个个独立的姓。

但不可否认，芈姓在中华民族中是一个伟大的姓，也是一个历史悠久的姓。《国语·郑语》的记录只有八个姓，就包括了芈姓："己、董、彭、秃、妘、曹、斟、芈。"再往上溯，芈姓更是一个了不得的姓，据《史记·楚世家》载，黄帝的第八世孙、高阳帝第七世孙季连最早属于芈姓。故屈原在《离骚》中曰自己是"帝高阳之苗裔兮……"。

战国时期，楚国与秦国是两个最可能统一中国的超级大国。芈姓不仅控制楚国，连强大的秦国也曾出现了芈姓"乱宫"的芈姓"繁荣景象"。传说秦始皇的夫人、奶奶、太奶奶等一大帮皇亲国戚都是楚国的芈姓。原来，楚国为了刺探秦国情报，选派美丽的芈姓女性与秦皇亲国戚联姻。楚地多美人，多半在皇城。如王昭君，就是秭归人。所以，芈姓女性很快得到秦皇亲国戚的宠幸。这些芈姓女性的确给楚国的父亲、叔叔、伯伯、哥哥、弟弟等传递了许多消息。但随着芈姓女性结婚生子，发现老公、儿子比上述人物都重要，如果再私递消息，秦国受损，老公、儿子的利益自然受损，这会严重影响自己以后的养老计划，且对自己一点好处也没有：楚国没有了，她们在秦国更有地位；秦国没有了，她们便没有价值了，她们及老公、儿子回去后什么也不是。于是，芈姓女性醒悟了，反其道而行之，将掌握的楚国情报反告于秦，秦焉有不胜之理？

由于芈姓女性的美丽与优秀，秦国皇室后宫很快被芈姓占领，如楚威王的女儿芈姝，是秦惠文王的太后，芈月是芈姝的陪嫁，后成为秦昭襄王嬴稷的母亲，被称为宣太后芈八子。华阳芈夫人（嬴稷的儿媳，秦孝文王的夫人）收嬴异人为养子，改其名为子楚，封为太子，子楚后成为秦庄襄王，华阳芈夫人成了华阳太后，华阳太后被誉为大秦帝国的缔造者。华阳太后的孙子即秦王嬴政，秦王嬴政的妃子是芈华，传说芈华生了公子扶苏。仅管中窥豹，就可见芈姓女子与大秦王朝千丝万缕的重要联系。

如前所述，关于屈氏的源流，姓源自芈，氏开始于瑕。屈原是屈瑕的后代，屈瑕是屈氏的开山鼻祖。但屈氏最有影响力的人物还是屈原。关于屈原，笔者有诗赞曰：

> 端午为君行，
>
> 千年也不停。
>
> 只因忧国泪，
>
> 尽传后来人。

作为中国文化的代表性人物，屈原的历史地位高高在上，并且专有端午节作为纪念，更是空前绝后。小学生非常喜欢屈原，说屈原给他们带来了三天假期，也没有留下一堆诗词去背诵。不像李太白，正好相反，假期没有，要背记的诗词一大堆。事实上，纪念屈原，主要原因是屈原的忧国爱国情怀，不惜以死殉国的精神，的确值得颂扬。因此，要继承和发扬屈姓良好的家训家风：孝悌至任，礼义晓信，忠勇秀良，知廉鸿仁（家训）；记思向善，积勤补拙，进德修解，以俭齐家（家风）。

作为芈姓后人，屈原在《离骚》中说自己是帝高阳之苗裔，与《史记·楚世家》的记载完全一致。所以，要细厘清关系的话，逻辑顺序是：屈姓的上上级—高阳帝（颛顼）—黄帝。

话说远了，就此打住不讲。说说我此时的监护人爷爷、奶奶。关于爷爷奶奶，虽然时间久长，我的印象仍然深刻。作为土生土长的农村人，爷爷与屈原后代的飘逸形象虽然相去甚远，但就当地的风俗环境而言，爷爷奶奶算是非常注重自己形象管理的人了，不论任何季节，都是长衣长裤示人。爷爷虽然刚刚年过六旬，但长期的劳作使他腰背微微佝偻，他脸上无肉脸皮绷得紧紧的，显得颧骨过高，嘴巴已经明显地瘪陷下去，手掌上露出粗粗的血管，像是一位力道惊人的武林高手。他面黄须短，短楂的头发虽然有白色显现，但精神矍铄。头带老式绒布瓜皮帽，身穿黑色补丁土布衣。腰系一条无花粗銮带，带上斜插一把旱烟杆。小腿处绑带紧盘，显得利索。脚蹬一双宽口纳底棉布鞋，非常合适。两耳薄且细长，双眼小似闭似睁。平素不善作言语，只会烟杆指天下。

奶奶则看起来年轻许多，不仅皮肤白皙，而且姿体不显老态，头上的青丝没有杂糅一根华发，与爷爷显然不是一路风格。只见她：头上插铁钗，难掩华发夹乌云；体畅人舒展，无需黑带束柔腰；绑带轻缠纤细腿，金莲五寸助轻盈；眉眼看像初春月，满脸堆似腊月花。从来素面亦识君，人称巧手"小胡姐"。

爷爷奶奶其实可能是外来人口。爷爷也不记得自己从哪里迁移到这里，有人说他是个孤儿，他也不反驳，觉得费那个力气干吗。因为爷爷不会讲话也不喜欢讲话，激动的时候有些语无伦次、甚至有些不利索，所以更加沉默是金。因此，爷爷从来不说自己的来龙去脉，我们对他了解不了，于是就觉得他"不明觉厉"。事实上喜欢说话的人只是表达了一个嘴上的痛快，留下的是无数的把柄。不喜欢说话的人才有时间思考，你把话说完了就没有了退路，思考的人会根据情况伺机而动。所以，开会的时候都是越不重要的人越先讲，越重要的人越后讲。但爷爷的不喜欢讲话是真的不喜欢，因为讲话需要耗费体力、精力，哪里有闭目养神舒服。尤其是听别人夸夸其谈，自己闭目养神，双重的舒服呀。

爷爷其貌不扬，不善言辞，却很有本事地带着奶奶，这个镇上大户人家的白嫩丰盈的女儿，心甘情愿地离家出走，与爷爷来到这里的乡下吃苦，又是一件"不明觉厉"的事情。我却相信这是真爱情，没有花前月下，没有花言巧语，没有附加任何物质的精神的条件，奶奶净身出户，从城镇到乡下，不是爱情是什么？所以很小的时候，我就发现了他们婚姻的不对称性，希望发现爷爷撩妹的过人之处。

爷爷皮肤黝黑，表现木讷，他也不做家务，不洗衣物，好抽旱烟喝土酒，玩类似于现在"掼蛋"一样的纸牌。但他会在田里干活，给家里挑水，到池塘摸鱼，到稻田抓泥鳅，一些重活累活都是他在负责。重要的是，奶奶负责讲话，他负责听，并及时表示附和认同，也许这是女人特别需要的吧。所以，你可以不善言辞，但一定不要不善听言辞。

我的到来，给爷爷奶奶平静的生活带来了不平静。

初夏的夜晚，本来平静的天空突然一下子变得非常不平静。

平常的夜晚繁星点点，但现在阴云密布，热闹的村庄一下子沉寂了，连鸟鸣虫叫声也偃旗息鼓了，池塘里的青蛙也蹿出水来，像喘不过来气似的，焦躁不安地大口呼吸着。由远及近地传来零星的快闪，越来越深的夜晚似乎要把一切的现有存在全都吞噬，黑压压的团团乌云，开始排队似的在天空中花样翻滚，一会儿狂卷着充满潮湿的风，风一阵一阵地从侧面及正面，猛烈地发出片片刺耳的惨叫声。刺耳的惨叫声不停地拍打老土屋的门，一阵比一阵猛烈。这一切已经说明，一场不同寻常的暴风骤雨就要来临了。

老土屋里面是悄然无息的，可能是熄了灯或者根本没有点过灯，门缝里没有透露出一丝一毫的光亮。

很快，天空由远及近，先是噼噼啪啪的一串串小雷试探，然后就咔嚓咔嚓的一阵阵炸雷，响彻天际，惊心动魄。不一会儿，应该出现了一道道快速闪电，无声无息，摄人魂灵，但在老土屋里面是看不见的。炸雷之后，又是一串串噼噼啪啪，又一道快速闪电，无声无息，人有所感。一瞬间，咔嚓咔嚓，一串的炸雷，咔嚓咔嚓，又一串的炸雷，声音都响得仿佛要把天空劈开。忽然地，炸雷完成任务，哗啦啦的大雨立刻蜂拥而出，快速地落在地上，争先恐后地响成一片。

我和爷爷奶奶躺在老土屋的床上，都被炸雷炸醒了。

我惊恐万分，不敢闭上眼睛，不安地把奶奶的衣服抓得紧紧的。

爷爷奶奶两儿一女，生育的数量在队里是小于平均数的。农村为了劳动力，为了多分些口粮，都是能生多少生多少。姑姑在外地的一个镇上当售货员。小叔罂娃子刚另立了门户，住进了离爷爷奶奶家不远处新垒的土屋里。

按照当地的土话，农民们喜欢把什么都称呼为"娃子"，以表达亲切感和亲近感，如称呼人为罂娃子、香娃子，称呼动物有牛娃子、狗娃子、猪娃子，称呼树为树娃子。常听村民吆喝："把牛娃子拴到树娃子上，给它点水娃子喝。"

其实不止这些，他们称呼贼为"贼娃子"、鬼为"鬼娃子"、私生子为

"私娃子"，所有的不分性质好坏，一视同仁，缺乏一定的阶级性。

话说这次大雨非常奇怪，像要完成既定任务似的，丝毫没有停止的迹象，老土屋建的时候，屋顶铺了一层厚厚的油毛毡，油毛毡上面铺的是红瓦，一般不会漏雨的。只是老土屋的一面墙共用了邻居七爷家的，在接缝上就不如原装的严丝合缝。

据说，那天晚上，最反常的是大肥猪，一直待在猪圈里酣睡的大肥猪突然发疯似的狂躁起来，把栅栏拱得噼噼啪啪、咔嚓咔嚓、轰轰隆隆。后来干脆直接冲出猪圈，猛撞老土屋的老土墙，震得屋顶有些摇摇晃晃的，水珠开始顺着共用墙的接缝滴落在枕头上，一滴，两滴……很快，枕头就全湿了，快得连拿瓦罐接水的时间都没有，这是以前从没有过的事情。

爷爷奶奶唉声叹气。爷爷说："个老女人，可咋办？"

奶奶抱着我，抓了一件衣衫盖住我的后背，无可奈何地说："枕头全湿了。死猪也不安生，睡不了了。你抱孙子去嫛娃子那打瞌睡，我再收拾一下。"打瞌睡是当地土话，指睡觉的意思。

爷爷听了奶奶的命令，马上要抱我。我大哭不愿。

奶奶打我一下骂道："你也像那个大肥猪闹腾人。"我继续大哭。那时候我的哭就是圣旨，爷爷奶奶根本不敢违背。否则我这小暴脾气一上来，一定会坚持哭一整晚上，目的是以免下次意见得不到充分的重视。

爷爷说："个老女人，一起去吧。屋子明天让嫛娃子帮着收拾。"

奶奶叹口气说："那就抱上孙子一起去吧，给他裹上塑料，你再撑把大伞。"

听见一起去，我的哭声顿时停了。临出大门，奶奶恨恨地向肥猪的方向踢了一脚："个死猪，三更半夜闹腾？赶明儿就宰了你。"

爷爷不高兴了，说："个老女人，别管猪了，猪圈肯定渗透水，让它撒欢折腾吧。”

奶奶不高兴地说：“我的话不管用是吧，一个猪还杀不了，一定要杀。”

爷爷不说话了。一行人默默无语去往小叔家，半路碰到穿蓑衣拿着手电筒的急急忙忙走来的小叔。小叔说：“今天奇了怪了，雨大且猛，我不放心你们要去看看。你们出来干啥？走，快进我屋。”小叔赶忙扶着老小到了家，外面的雨一下子下得更大了。

小叔一番忙碌收拾，安排一行老小在他家住下。闲话少叙，不知过了多久，一阵急促的拍门声把我们全都吵醒了，门外传来七爷歇斯底里的大叫：“罂娃子，快开门，快开门，你们家出大事了！”

第四章　胆战心惊地主婆看疾眚
猝不及防黑衣人推老媪

词曰：类人文迹事归一，说心追，已身悲。各异时空，精力细充陪。所为何图非不亦，心用复，未唯椎。

形形色色万千催，几多谁，少优吹。意义先至，玉羽花德飞，多少质实来管用，皆拥去，真正归。

话说七爷歇斯底里的敲门声，惊醒了一屋子的梦中人。小叔猛地打开屋门："咋的啦?"七爷看见爷爷奶奶，吃惊道："你们在这?""还好。"他又莫名其妙地自言自语。

"咋的啦? 看你着急忙慌的。"爷爷奶奶问。

"别问了，快回去看看吧。"七爷说。

此时大雨已停，天露微光。雨后的空气格外清新，但凉飕飕的，此时还没有开始鸡鸣狗叫，甜蜜的乡村十分静谧。只是在经过大树下面的时候，大树叶子上存储的雨水不时地随风洒落人的头顶，不由得使人一个激灵。

一行人急急忙忙赶到了老土屋，猛一抬头，这才看清了眼前十分可怕的情形，一下子把大家惊得是目瞪口呆。

"我的妈呀！"小叔大叫一声，"妈呀，老土屋的屋顶掀没啦。"奶奶扑通一声跪倒在地，小叔赶紧扶起奶奶。

老土屋的整个屋顶被大风掀翻了，散落在后院十米开外，重重地砸在茅厕上，茅厕被夷为平地。

奇怪的是，老土屋的一面外墙彻底坍塌，坍塌的墙体堆成了一个小山包。扒开一看，大家猛吸一口凉气：天啦，家里的大肥猪被严严实实地压在坍塌的墙体下面，早就没有了呼吸。再往里看，老土屋里到处都是砖头瓦块，掉下的房梁砸在了土炕上。一屋子的积水无处泄掉，仍然泡着土墙。

这是怎么回事？大肥猪怎么会在这里？大家的脑海里都充满疑惑。

七爷说："我听见隔壁轰隆一声巨响，出门看时是屋顶没了，一面外墙彻底坍塌，我没有发现大肥猪，我慌慌张张只顾得摸进屋里先看床上的人怎么样，奇怪的是床上没人。我才放了些心，赶紧来叫塱娃子。"

七爷跟爷爷又在现场看了看，根据他们的日常经验，把整个事件复原了一下：大雨惊雷，搅动得大肥猪满院子乱窜，乱扒乱拱，老土屋的屋顶被震得摇摇晃晃，然后大风掀翻了屋顶，掀翻屋顶的巨大声响，反过来彻底惊吓了大肥猪，大肥猪疯狂地拱倒了老土屋的承重墙，被压在墙下窒息而亡。然后是砖头瓦块、房梁纷纷砸了下来……

"真是万幸呀，你昨天晚上还一再留我与你睡一起摆龙门阵的，得亏被我老妈有事叫走。"七爷跟爷爷说。爷爷与七爷一下子抱在了一起。

奶奶的脸上布满泪珠，她忽然好像是想明白了什么，扑通一下对着大肥猪的尸体又跪下了，对爷爷说："老头子，大肥猪是救命猪呀，得好好葬了它。"爷爷不顾一切地抱着大肥猪的尸体，老泪纵横。

以上整个事件我都没有明显的记忆，是通过奶奶后来告诉我的事实情况进行的还原，参考了相关的材料。① 我后来也曾听说过或者阅读过类似这样的故事，但这件事的的确确是发生在我身上的真事。以至于现在不论住在哪里，一遇大雨，我都有股往外跑的强烈冲动，不论是住在平房还是楼房。如果是农村的房屋，则更加如此。农村的房屋一般都没有经过验收、没有经过房屋等级检测，安全系数有待实践检验。后来我也提了许多建议，希望有关部门将农村房屋全部纳入免费安全检测的范围，按照安全检测的等级，该加固就加固，该拆建就拆建，生命安全大于天啦。

如前所述，老土屋所在地被农村的能人们普遍认为是风水宝地，但为什么会坍塌呢？能人们解释不了，所以在老土屋开始重新修建之时，就从县城请来了风水先生，以便给以专家指导。风水先生眼戴薄片墨镜，身穿中式长袍，佩戴念珠，头戴毡帽，长须飘飘，仙风道骨。风水先生仔细掐算，试图给出老土屋坍塌的真正原因。只见他闭眼轻声低吟："豚栅鸡埘暗霭间，暮林摇落献南山。丰年处处人家好，随意飘然得往还。"周围的人都不知道风水先生说的啥，但都觉得很有文化，比农村的能人强得太多了。忽然，风水先生张开眼睛，缓缓说道："老土屋是有风水呀，但为什么坍塌呢？列位有所不知，此处断墙下面压着龙穴呀。这可是天大的事情，老土屋的屋顶被掀翻，给了龙腾空而起的升天机会，大肥猪积极配合，及时拱倒了压着龙穴的承重墙，以身殉职，使真龙重见天日了。大肥猪立下大功，这会儿肯定在天庭受奖。

风水先生说得头头是道，大家顶礼膜拜，天啦，小小即保还有龙穴呢，可得保护好啊。

风水先生说，此龙已去，自会念恩斯地，保佑众人。

---

① 李德霞. 雪花那个飘［M］. 南昌：江西高校出版社，2019：77.

爷爷急问老土屋重新修建的注意事项。风水先生说："墙体适当后移，不再压着龙穴即可。虽然空穴，可以来风耳。有缘人自然会成为龙的传话人。"风水先生说完，忽而飘然不见。

农民们听不懂什么空穴来风，但知道风水先生非同凡人，便亦步亦趋，严格按照风水先生的指示，将墙体适当后移，保护龙穴，然后开始正式的建筑工程。

现在看来，县城的风水先生真是一位风水专家，应该系统学习过阴阳五行，天文地理。因为风水学上历来重视双水或多水"交汇处"这样的宝地。双水或多水不仅可以保障水源供应充沛，而且在洪水来临时，双水或多水之间可以互为调节，避免水患。《撼龙经》曰："平地二旁寻水势，二水夹处是真龙！"《地理辨正疏》也曰："大水与小水相交之处，乃真龙之行，真穴之止也。"又曰："要知吉地行龙止，二水相交夹一龙。"所以，老土屋前面的双池塘，带来了真正的风水也。比较而言，风水先生的论述，的的确确比其他能人的各种观点更有可信度。

关于老土屋的重建，左邻右舍都伸出了援助之手，队里的能工巧匠都来帮忙重新修建房屋，不要工钱，供饭吃就可。我记得非常清楚，吃饭的时候有两桌人，爷爷奶奶交代我说，两桌菜的口味不一样，一桌吃辣的，一桌不吃辣的，你到不辣的那一桌吃。无奈我在工程队中玩得不亦乐乎，被他们一喊，就上了他们的桌。没想到，辣得我哇哇大叫，工程队哈哈大笑。

父母及时赶了回来，在工地帮忙。父亲对小叔说："你的房子要不要一起再整结实一下？"

小叔说："我的没球事，这次可得把老土屋弄结实。屋前双池塘，真正风水地呀。"

奶奶突然若有所悟，自言自语地说："我算是弄明白了，真正的风水其实是人哪。没有人，哪里来的风水？"奶奶的话我似懂非懂，但看见其他人在点头，我也跟着笑眯眯地点头。

终于，老土屋的重建工程完工了。由于家具和床都是土垒的，所以对屋顶及共用墙接缝部分进行了格外修整，加强了相互的连接。屋内的土墙上糊满了报纸，给我乱涂乱画提供了平台。房屋没有什么化工装饰材料与原料，所以修建好以后，就直接入住了。一切又恢复了往日的平静。

即保小村庄是平静的，公社最热闹的地方是东方的街上。东方公社所在地就是我们身边的大城市，公社的热闹在于集市。集市逢单间隔一天开集，虽然没有明文公布，但大家对开集的时间都记得非常清楚。集市对农民非常重要，农民们可以把家里种的瓜果蔬菜、农副产品拿到集市上卖。整个集市见首不见尾，熙熙攘攘，热闹非凡。到处都是热情的招呼声，商贩的吆喝声此起彼伏。小孩子们最高兴了，走在地上的，高高兴兴地吃着棒棒糖；骑在大人脖颈子上的，羡慕地盯着地面的花花绿绿，口水打湿了前胸。老远就能够闻到瓜果的飘香，让人陶醉，在这里，每个人的神态都是兴奋无比的。

我感到有些奇怪，爷爷会游泳会爬树会耕田会放牛，奶奶会看病会养鸡会买卖会洗衣做饭，但是他们不会种菜，这种情况在当地是不多见的。因为各家都在屋前自留地上开辟了菜园子，只有爷爷奶奶家的菜地是空的，便成了公共通道，形成了一个小广场。这个小广场成了村里不多的空地，晚饭后，小伙伴们会吆五喝六地呼朋唤友来此小广场玩耍一番，先来的小伙伴会大喊："月亮亮晶晶，玩玩更开心。喊谁呀？喊×××出行。"于是×××就来到小广场，又一起喊来其他的人。小伙伴越来越多，整个小广场成了欢乐的海洋。

大人们也会在小广场上或者在小广场里最粗壮的老杨树下歇息，或者在七爷家的菜园子前的碾子上坐着聊天。男人们抽着烟摆龙门阵，女人们聊天手里还忙着各种针线之类的活计，或者哄着婴儿。

不种菜就要买菜了，每次开集，奶奶都会计算好出发和达到的时间。奶奶的小脚走不快，通常是走走歇歇地半走半挪地去到集市，但这一点也不耽误她买菜及回来做饭。我惦记夏季的甜瓜、烧瓜，奶奶都会买些回来，还没等凉拌，我已经连皮带瓤地啃完了。甜瓜各地都有，烧瓜可能只有当地有，该瓜体型较粗大，并没有什么甜味，但水分多，解渴，现在好像不怎么见得到了，可能是因为现在的瓜越来越甜，该瓜不甜而无人问津了。有时候奶奶买菜会带上我，带上我的时候奶奶买菜会有些小动作，这些小动作多是在买水果之类的时候，要求我配合。在地摊买水果时，奶奶在前，我蹲在奶奶的后面，奶奶一边讲价，一边悄悄地从她身旁边递给我仨瓜俩枣，待我装入口袋后，她再与卖家进行买卖，付钱后还要再多少抓上一把作为赠品，卖家一般都不会拒绝。我与奶奶的合作往往漏洞百出，不是枣没有拿住滚在地上，就是桃子太大口袋被撑得鼓鼓的，被卖家发现后一笑了之，说送小孩子吃了。那时候好像也没有秤，双方满意就是最好的秤了。有鉴于此，我以后与奶奶的合作不在暗地了，直接明面上，奶奶直接理直气壮地说小孩子拿几个尝尝，卖家也无不同意。可能奶奶卖东西的时候对别人也是这样做的。总之，我从来没有看到过买卖双方产生吵架争执。在这样的氛围中，我特别喜欢去集市，因为那是一个充满欢声笑语的地方。

后来，不知道什么原因，集市上买卖的人少了。

又是一个漆黑的夜晚，潮湿的风，一阵一阵地，拍打着木门发出轻微的"咣当咣当"的声响，犹如轻轻的敲门声。

"小胡姐，小胡姐。"一声低声呼叫，一阵急促的拍门声，与风拍门的力形成一道，"咣当咣当"的声响明显大了一些。

奶奶有个功能即无论睡梦的深浅，都能及时醒来。奶奶扶墙爬起，摸索着找到火柴，点燃油灯的捻子，捻子放在吃饭的大碗里，碗里有半碗煤油。我顺着微弱的光线，看见奶奶胡乱披了件衣服，一双小脚颤颤巍巍地去开门。

"孩子夜里发烧说胡话，小胡姐快看看。"一个女人抱着个孩子，还没有进门，就急匆匆地说。

屋里没有窗户，狂风一下子进入屋内，空气一下子凉了。奶奶用力关上门，浑浊的光亮照在有些抖动的土墙上，反射到女人的脸上，奶奶看清了，这是村头老地主家的婆姨，抱着地主家的幼崽，年纪和我差不多，但胖嘟嘟的。这个小胖是个地主家的独子，虽然地主被打倒多少年了，但小胖依然可以胖，说明地主家里还有底子。

可能走急了，也可能抱的幼崽沉重，地主家的婆姨佝偻着，明显的补丁上衣几乎半敞着怀，漏出点白花花的胸部，头发异常凌乱。借着光线，女人胡乱把衣服往怀里塞了塞。

"地主家的婆姨?!"奶奶一边吃惊，一边心神不定。因为"地主家的婆姨"很少跟奶奶打交道。

地主的含义在现在的年轻人脑海里可能淡化了，最多是对"斗地主"的游戏比较熟悉，或者对尽地主之谊的地主二字比较熟悉。如韩翃《送王少府归杭州》诗曰：

> 归舟一路转青苹，更欲随潮向富春。
>
> 吴郡陆机称地主，钱塘苏小是乡亲。
>
> 葛花满把能消酒，栀子同心好赠人。
>
> 早晚重过渔浦宿，遥怜佳句箧中新。[1]

---

[1]　曹旭．梦雨轩随笔［M］．南京：凤凰出版社，2021：147.

"救救孩子。"地主家的婆姨看奶奶有些犹豫，低声下气地哀求。

奶奶看了看女人怀里的幼崽，嘴唇发紫，小脸通红。

一阵沉默，奶奶望了望幼崽，叹了一口粗气，艰难地说道："孩子无辜，抱里屋吧。"

灯在里屋，这里显得亮堂不少。"没有人看见吧？"奶奶仍然不放心，一边小心翼翼地问，一边让婆姨抱着孩子坐下来，开始了她的望闻问切。

"没有，没有，一个人都没碰到，真真的。"地主家的婆姨赶忙说道。

那个时候的奶奶，在队里享有很高的知名度，大家叫她"小胡姐"。"小胡姐"人缘好，皮肤也白，比同龄人好像显得年轻一些。她没下地劳动过，在家里做些小买卖。当时强调割资本主义的尾巴，打击投机倒把，个人的买卖很少，经常见的是一些走乡串户的小手艺人，卖点小货物。

奶奶是在家里卖些烟酒副食，队部好像是默许同意的。在哪里进的货我不知道，但买卖多是赊账方式，奶奶不识字，只是胡乱做些记号，交易竟然有条不紊。烟可以打开，一根一根卖，酒是装在一个大坛子里的，卖多少可以舀多少。在买卖好的时候，她会偶尔揭开酒坛的塞子，往里面加点水，但她从来不让我也这么干，怕掌握不了火候。不管怎样，队里还没有发生过严重的醉酒的现象，大家都喜欢这种喝不醉的酒。

比起卖酒，奶奶更大的知名度来自给小孩子看病。不知道她从哪里得到的秘方，能治许多在正规医院看不好的小孩发烧、半夜啼哭、做噩梦等疑难杂症，家属都慕名而来，恭恭敬敬排队候诊。反正是业务不断，一边卖酒，一边看病，应该是基本手到病除，因为直到她去世前，还看到络绎不绝的找她的人，没有产生过一例医患纠纷。可惜的是手艺没有传下来，因为传女不传男，而我唯一的姑姑实在没有兴趣。

奶奶每次看病我都在旁边玩，有时看她用火纸叠起剪一串纸人，然后点火将一串纸人烧着，往小孩子方向抖动着，紧闭双眼，嘴里念念有词："乌里滴滴耙……"还有什么记不住了。总之，他们第二次来的时候都是带着点心等礼物感谢奶奶的妙手回春。奶奶的点心随处都是，有时吃不完还送邻居，邻里关系一直很好。但给地主家看病是第一次，那个时候，队里经常在队部批斗地主，忆苦思甜，大家不敢与他们交往。

半个时辰后，婆姨抱起孩子，要给奶奶下跪，奶奶赶紧扶起她，说："快走吧，别让人看见。"婆姨千恩万谢后低着头走了。

奶奶关上门，地上躺着几片被风卷进来的树叶。奶奶踩着树叶，慢慢向床边蹼去，借着灯光看了我一眼，"扑哧"一下吹灭了灯，土屋顿时一片漆黑。

"砰、砰、砰"，突然，传来几声沉闷的敲门声，打破了夜的寂静。"谁呀？"奶奶挣扎着爬起来，点燃油灯，披衣蹼向门口，有些紧张地问。

没有回应。又是几声"砰、砰、砰"，奶奶颤颤巍巍地到了门边，拉开门闩。

一个枯瘦的黑衣人闪了进来，还没有看清来人，只见他反身快速关上了门，又一转身，猛地向奶奶推去一掌。只听见一个熟悉的声音对奶奶吼道："你个老女人胆大包天，竟敢给地主的崽看病！"

奶奶猝不及防，哎呀一声，当即栽倒在地。

第五章　重男轻女夺山上野果
自制弹弓逼爷爷上树

　　词曰：力无气有至天天，多估量，尽值观。如絮飘忽，力道骤行减。健骨舒筋一瞬间，及找线，皆顾兼。

　　实为协佐险发沾，不能闲，不忽端。往往来来，情感便增添。如日如斯正当面，颜又开，忌馨烦。

　　话说那个时候是采摘棉花的季节，家家户户都分配了许多的棉花球。棉花可是农民的心肝宝贝，宋代艾可叔的《木棉》有赞曰：

　　　　收来老茧倍三春，匹似真棉白一分。

　　　　车转轻雷秋纺雪，弓弯半月夜弹云。

　　　　衣裘卒岁吟翁暖，机杼终年织妇勤。

　　　　闻得上方存节俭，区区欲献野人芹。①

　　该诗充分说明了棉花对于农家的重要性。

_____

　　①　宋应星. 漫画天工开物：少年版（2）［M］. 北京：民主与建设出版社，2023：71.

　　爷爷奶奶家也分了一大堆的棉花球，这些棉花球少量的仍然青涩，大多数的已经白花丰腴，五个棕色的棉花瓣基本上控制不住像雪花一样洁白耀眼的花朵的怒放，手指头轻轻一拉，整个棉花瓣里的棉花就倾巢而出了。少量仍然青涩的棉花球，存放几日，便花瓣大开了。如果等不及，可以用牙齿咬开紧闭的棉花球，一股莫名其妙的甜就会透过舌尖，沁入心田。青涩棉花瓣里的棉花，仍然湿漉漉的抱着一团，用手扯下湿漉漉的棉花，往脸上一擦，十分冰凉舒服。

　　棉花瓣都是靠手工把棉花摘出来的，棉花摘出后，会留下了一大堆的棉花壳，放在没有摘的棉花瓣旁边。已经摘出的棉花便用麻袋装着，堆放在棉花壳旁边，等全部完成任务后再交给队里算公分。家里平常主要是奶奶摘棉花，日积月累，满屋都是棉花或者棉花壳。

　　话说这些棉花或者棉花壳，竟成了奶奶的保护伞。当时奶奶被推后栽倒在地，可巧就倒在了装袋的棉花和棉花壳上面，装袋的棉花和厚厚的棉花壳将奶奶弹了一下，使她的身体歪了下去以后这才倒下，减缓了触地的过程，奶奶应该没有什么大碍。只见她刚倒下就立即扶着土桌从棉花堆上站起来，还没有站稳，就一下子扑向了来人，发疯似的撕扯，口里骂道："你个死鬼，码牌到深更半夜才回，你想全队都听到哇。来，把我抓走！把我抓走！"

　　原来是死鬼爷爷回来了，我止住了哭。爷爷一听奶奶的吼叫，知道她是真生气了，便立即闭嘴，并垂头丧气地保持原地不动的姿势，以方便奶奶的抓吼教训。爷爷坚持不了一会儿，便像一只泄了气的皮球，瘫倒在凳子上。奶奶见好就收，关了门，各自回床安歇。奶奶吹熄了灯，心脏好像还在怦怦地跳得厉害，旁边的人都能够听见。

　　后来这事还是被队里发现了，所以队里在定爷爷奶奶成分的时候，本来可以定中农，后来再加一等，定了小土地出租。但奶奶不后悔医治了地主家的幼崽。

地主家的幼崽一直很胖，大家都叫他小胖。后来他与我小学一个班。

队里的地主除了小胖一家，还有几户富农、上中农什么的，记不清楚有几家了，大家都知道贫下中农、雇农比较好，属于贫下中农、雇农成分的，都特别骄傲。小土地出租，不知道往上中农还是下中农靠。爷爷倒是没有任何反应，奶奶对小土地出租的成分非常不满意，也找了人去疏通，但由于上边已经定了，无法更改。那个时候成分很重要，奶奶主要是怕对下一代有影响。好在父亲后来在城市工作，入党，提干，来过外调，没有受到太大影响，但当我们填成分时，父亲一再强调，要填革命干部，因为他已经是革命干部了。小土地出租，富农应该算不上，因为只有小土地，农民谁没有一点小土地呢。现在也还分有宅基地、菜地什么的，大家都是这个样子的，都是小土地出租吗？再说土地不出租，怎么能够流转搞活呢？

事实上定爷爷小土地出租是非常适合的，因为他的封建观念特别重，表现为重男轻女。有一次他在山里放牛，发现一个山梨摘下后装入口袋，到家后拿给我这个长孙，比我小的妹妹眼巴巴看着梨，我把梨递给她，爷爷发现后猛追着妹妹把梨抢回来又给我，这一路小跑足足进行了三五十米远。

"为啥不给妹妹吃？"我问爷爷。

"吃啥吃？女娃子早晚是人家的人。"

可是爷爷不会想到，他去世后，哭得最凶的竟是妹妹。

吃了爷爷的山梨，我觉得有点对不起妹妹。后来父母单位每次分发了水果，父母在家里按人头分给我、弟弟、妹妹各数量完全相同的一份。妹妹都是猴急地赶紧吃完，生怕再有人抢回去。弟弟会稍后跟进，吃个精光。我舍不得吃，将水果放进木箱子里储藏，箱里有货，腹中不饿。不料过几天打开木箱子一看，水果一个不剩了。妹妹说是弟弟偷吃了，弟弟说是妹妹偷吃了。我也从不追究，当作一种弥补吧。

冬日的阳光有气无力，软绵绵的，照在身上一点感觉也没有。正午时刻，阳光吃饱喝足了，焕发了一些活力，光线明显充足了一些，但微微吹来的凉风，使人灌入一阵一阵的寒气，抵消了阳光的能量。但如果在室外，如果就在阳光底下，懒洋洋地晒太阳还是非常惬意的。

爷爷平躺在七爷家晒谷碾米的碾子上，像一只四爪朝天的黑猫，太阳完全照在他的身上，他用手遮住额头，避免阳光刺激眼睛。我蹑手蹑脚走到碾子旁，看着比我矮的碾子，便抓住爷爷的一只脚，自己的一只腿先搭在碾子上，另一只腿猛一蹬地，猴子一样地爬上了碾子。我用小手使劲猛拍爷爷的肚皮。夏天的时候我会掀开爷爷的黑布衫让他露出红里透黑的肚皮，然后使劲地拍，更加过瘾。现在爷爷的衣服太厚，腰紧束黑带，无法掀开衣衫。不过没有关系，我一样拍得非常兴奋。

爷爷不高兴地睁开眼睛看了看，说道："孙娃子，别乱搞。"

"就乱搞。"我继续拍，并顺势歪下身子，将头枕在爷爷的肚皮上。哇，这个肚皮枕头真的不错耶。

爷爷老老实实地维持着肚皮的稳定性，尽量不去翻动。我们经常搞这样的练习活动，所以爷爷已经驾轻就熟了。有时候我躺爷爷肚皮久了，爷爷也会欺骗小孩："孙娃子你让我躺一下，我再让你躺一百下。"

也许躺累了，就想尝尝被躺的滋味，我撤离爷爷的肚皮。爷爷将我放平躺，然后轻拍一下我的肚皮。

"不许拍。"我扭动身体强烈抗议。

"为什么，你拍我那么多了。"爷爷装作不理解。

"你是破肚坏肚，我是好肚优肚。好肚优肚不能拍。"我耐心解释。后来我才知道，好肚优肚是英语问好的意思。

"啊，是这样啊。咋肚子还有不同呢?"爷爷疑惑不解地摸了一下我的肚子，又摸了一下自己的肚子，经过比较，他口服心服地确认了自己是破肚坏肚的客观现实，但他仍然不服气，疑惑地说:"谁拍破肚坏肚呀，好肚优肚才值得拍呀，为啥子不能拍?"

爷爷的话很有道理，我只好耐心解释:

"好肚优肚很贵，一个古戈尔。破肚坏肚便宜，一个普朗克。"我用量化标准进一步说明好肚优肚不是不能拍，是你拍不起。古戈尔是最大的货币单位，普朗克是最小的货币单位。这些知识我也不知道从哪里得来，反正唬得爷爷摸不着南北了。

"你小子算术真厉害，搞不过你。"爷爷的脑袋刚想在我的肚皮上象征性地接触式躺上一下，不料被我用手推开了。

"就躺一下。"爷爷假意哀求。

"不行，你已经躺了一阿秒了。"阿秒是一个很小的时间单位，基本可以忽略不计，"你躺我一阿秒，我要躺你一古戈尔秒。"我说完，接着去躺爷爷。

爷爷彻底被搞糊涂了，他一边被躺着，一边嘀嘀咕咕:"古戈尔，普朗克，阿秒……"

数着数着爷爷出现了轻微的鼾声。爷爷有鼾声后，身体的稳定性更好了，我美美地躺着肚皮，微微闭眼，十分美妙地跷起了二郎腿。

突然，我的脸感到一阵冰凉，睁眼一摸，是鸟尿。我环顾头顶，鸟还在碾子旁边的老杨树上"喳喳"地叫。

"死鸟，弹弓打你。"我装作手拉弹弓的样子，鸟被吓坏了，知道自己闯祸了，两脚神兽咱可惹不起，于是赶快"扑腾"着翅膀飞走了。

鸟飞走了，我的眼光可撤不回来了。鸟走权露，就在刚才鸟尿尿站的地方，露出了一个不可多得的树杈。我为自己的发现兴奋起来。

发现树杈为什么兴奋？

说起来惭愧，我们小时候不仅不容易找到吃的，而且不容易找到玩具。我小时候玩得最多的玩具是弹弓，现在都有卖的了，好看、结实耐用。那时候得自己做，首先要发现好的弹弓架，然后要有好的弹弓皮。皮之不存，架有何意？架之不存，皮将焉附？好马配好鞍，好皮配好架。好皮易得，好架难寻。好架这个问题的的确确困扰了我好久。没想到，踏破铁鞋无觅处，得来全不费工夫。躺在爷爷的肚皮上，就解决了个千古难题。

我赶紧揪醒爷爷。

爷爷一个激灵，身体猛地抖了一下，发现我在揪他，怒道："你干啥子？"

我揉揉爷爷的眼睛，顺势手一指老杨树，十分兴奋地说："树杈。"

爷爷一下子就明白了我的用意。爷爷抱我下了碾子，眼睛盯着树杈看了又看，他也认为这是一个好的弹弓架。

爷爷故意说："怎么搞？你要上树？"

这个糟老头子坏得很，故意装聋作哑，我只好放弃含蓄，直接点题："你上。"

爷爷看了看树杈说："太高了，算球了。"

我继续坚持说："就你上。"

爷爷说："乱搞。"

我坚持说："就乱搞。"

爷爷忽然露出害怕的表情说："你看看你后面是谁？"

这个诡计爷爷使用了多次，每次我都想看看后面是谁？回头一看，往往谁都没有，再一回头，爷爷也没有了。这次可不能上当，我揪住爷爷的右袖，然后再回头，嗨，后面真有人。隔壁太奶奶端了个小木凳出来晒太阳，笑眯眯地瞅着爷俩斗嘴。

太奶奶说："克莫爬树，爬树危险。"克莫是当地的土话，是"千万不要"的意思。

爷爷立即说："听到没有？"

我听到了，于是一屁股坐在了地上哭闹不起来，非要爷爷上树去弄树杈。

爷爷又看了看树杈，还是有些犹犹豫豫，只见他跺跺脚，往手心吐了吐唾液，双手对擦几下，挪步到树干下，抬头往树上看了看说："不要这个行吗？"

"就不行。"我蛮不讲理地说。

爷爷眼看没有退路，于是终于下定了决心，开始双手抱树。

我一骨碌从地上爬了起来。

只见爷爷双手一上一下紧紧抱住树，脚丫一前一后就蹬上树干，双手交替慢腾腾往树上挪动，看样子根本不像一个爬树高手。我有些失望，害怕爷爷半途而废。

爷爷笨熊似的一步一步，缓缓上升，终于爬上了树的半高处，可以够着那个树杈了。爷爷试探了几下，通过摸索树枝慢慢抓住了树杈的底部。然后开始使劲，准备切断树杈的底部与树干的联系。但这项工作可不容易完成，爷爷的手劲不够大。

爷爷一直拽着那个可以做弹弓架的树杈的底部，使劲掰扯。树干开始摇晃起来。我盯着爷爷，眼睛看酸了。

"小心哪，克莫太用力使劲。"坐在门口的隔壁太奶奶又一次提醒道。太奶奶一直在关注着爷爷的一举一动。

　　隔壁太奶奶的话音还没落完，只听得"咔嚓"一声，一个黑影连带掰断的树杈一起迅速地跌落在地。"不好了！"太奶奶猛一下子站了起来，没有站稳，又咕咚一屁股坐在了地上，人还没有站起来，口里就哇哇大叫："快来人啦，快来人啦，炳娃子从树娃子上掉下来啦！"

第六章　懵懵懂懂快乐上学
冒冒失失坦然认错

词曰：发张全面建根基，妥帖题，有新习。智者精集，人少发言急。规规矩矩真觚觚，平平策，措施稀。

规划不应尽剔，互包皮，非立即。高屋建瓴，基础特色奇。注力形模忽本质，又不习，又不力。

话说我可能真是过高估计了爷爷的爬树能力。在我的眼中，爷爷具有挺多不简单的本事。爷爷的水性不错，能够在河里游水，抹澡，捉鱼。他曾顺河而上，在深水处摸鱼，然后将鱼使劲摔上岸来，我在岸上捡之，装进鱼篓。在深水处摸鱼，要具备游泳、摸鱼的双重技巧，很不容易掌握。我长大以后学会了游泳，也尝试去捉鱼，但总是一无所获。在海边浴场游泳时，周围乌压压全是陪游的细细长长的小鲅鱼，我仍然抓不住一条。但我爬树还行，小孩子身体轻，灵活，不过大人是不允许小孩子爬树的，但农村人没有几个不会爬树的。这也是人类最原始的本领吧。

所以，我认为爷爷应该很会爬树的，直到他从树上掉下来，我一下子明白了两个道理：一是爬树是危险的，二是爷爷的爬树本事一般般。

爷爷重重地摔了下来。

好在树的下面是粪堆，爷爷重重地砸在粪堆上。

多亏了粪堆，砸在粪堆和砸在石头上，结果可是千差万别的。所以，古代诗人多有歌颂粪堆的诗歌，如宋代诗人释怀深《拟寒山寺·有人好臧否》曾曰：

> 有人好臧否，信口乱比况。
>
> 张三小有才，李四大无当。
>
> 终日品藻人，不知是虚诳。
>
> 自己一灵物，抛在粪堆上。[1]

俗话说："门前粪堆财兴旺，屋后树丈人落空。"意思是说屋后的树再大，也比不上门前的粪堆。粪堆是庄稼、蔬菜的必备肥料，农村人的粪堆就是家庭财富的象征。

农村人家家户户都有粪堆，粪堆由厨余垃圾、菜叶、在田野路边割的野草沤制，以割的野草沤制居多。平常拾的鸡粪、牛粪、猪粪是更高一级的肥料，在队里算的工分比一般的粪堆类肥料多，所以是专门存储，单独上交。

事实上粪堆就是农村人的垃圾站，厨余垃圾、菜叶、割的草等在这里沤着，猫狗猪鸡不断在此各取所需，最后稍有价值的东西都所剩无几，这些家禽挑剩下的东西，经过日积月累、日晒雨淋，最后沤熟成为棕黑色的农家肥，交给队里做肥料用，算家庭工分。有的人家人口多，割的草也多，粪堆鼓得老高老高。我家人少，靠爷爷和我割不了多少草，所以粪堆平平坦坦的，但仍然多亏树下是平平坦坦的粪堆，否则摔在平地上后果将不堪设想。

---

① 陈耀东. 寒山诗集版本研究［M］. 北京：世界知识出版社，2007：354.

不过，虽然粪堆拯救了爷爷，但他的腿还是跌伤了，躺了十几天。这些天里，我可没闲着，外出割回了不少的草，粪堆一下子增高了。爷爷看了心有余悸地说："你小子还想让我爬树呀。搞再高粪堆我也不爬了。"我说："您爬不爬没有关系，这是俺的一份心意。"爷爷说："没白疼你，算你小子有良心。"

懵懵懂懂的快乐的时光总是短暂的，我和队里小伙伴们要上学了。

即保小学是即保大队的文化中心，大队的孩子上小学只有在这里上，小孩子干不了活，所以即保小学的入学比例高，但也有的家庭不愿意女孩子上学的，就不读小学了。中学在公社，农村人上的就少了，说认识几个字就够了。

20世纪六七十年代的大队小学校里，也毫不缺乏大自然春天所赋予的一切。一朵朵叫不上名的花儿，摇曳着娇嫩的小脸，像是擦满了春姑娘带来的彩色胭脂：黄红绿白蓝青紫，香得过爱打扮姑娘的雪花膏。

词曰：花锦锦，叶真真。游人欣悦悦，天地换新缤。如之春色常常在，不慕神仙只慕人。

即保小学的老师不多，多是些民办教师。有几个印象特别深刻。有一个教画画的，小学的巨幅油画毛主席像都是他画的，非常逼真。最漂亮的老师大家都记忆深刻，她叫芝芝，但见：香衫得体，如画堂香暖，步履轻盈，似风摆杨柳。五官精致有英气，身姿俏美赛春风，细耳动人，余音绕梁。西子湖畔美西施，今日胜者是芝芝。

芝芝老师不仅人长得漂亮，歌也唱得好。春节大队的舞台表演，常常有外地或者公社、县城的来表演样板戏或者古戏，大人孩子把队部舞台下面的广场围得水泄不通，老少爷们都出动了，非常热闹。卖甘蔗的、卖鞭炮的、卖糖果的，都在四周。来串亲戚的，也会在饭前饭后来这里看节目，节目几乎是整天都有，也有大队自己表演的，芝芝老师也演过古戏里的一个角色，反应不错。芝芝老师家在县城，据说她父亲是一位风水先生，对传统风俗很有研究。后来芝芝老师调到县里小学去了，就很少看到她的节目了。

那个时候，雪花膏是奢侈品，小学里只有芝芝老师使用。有一次，芝芝老师教我们班级唱歌比赛，大家很卖力。后来，芝芝老师就用雪花膏奖励了我们，黝黑的小脸蛋都香喷喷的，一帮女同学特别兴奋，起歌委员"小铁梅"小英子、劳动委员小芬、年级最高的女生大蛾子都高兴得到处跑……从此以后，芝芝老师的课是唯一没有人逃课的……

小学上课靠打铃人拉着绳子打铃响，拉铃人老熊原来是一个猎户，手臂特别有力。老熊拉铃特别用力，整个校园都听得非常清楚。

小学设施简陋，没有田径操场，也没有其他正规体育设施，只有几个水泥的乒乓球台子，放上几块砖头作为球网。球拍是找块木板请队里的木匠给锯的，厚薄不一，没有胶皮，打起来砰砰响。由于乒乓球少，所以打的人也不多。同学们的课间活动多是追来追去的，文明一些的人，就玩"跳方"，即在地面画一些方格，用单脚将一块瓦片从方格中踢出到另一个方格，直到完成所有的方格，瓦片不压线即为赢。有一些人玩打棍游戏，即将小棍两头削尖放置地面，手拿长棍敲打地面小棍的尖头部分，待小棍跳起的瞬间，用手里的长棍将小棍往前击打，以小棍被击打飞行的距离长短来判断输赢。还有一种背杠游戏，也有人玩。背杠游戏指手拿木杠（粗长一些的木棍）在肩膀上摇晃，然后猛然将杠摔向前方，以杠被摔的距离长短来判断输赢。还有的下土地棋，即在地面画上棋盘，以石头子作为棋子，玩法类似跳跳棋或者走位棋。总之都是些自制的，不用花钱的玩具。家里条件好的，也会带着扑克牌，找小伙伴一起玩。为了保护扑克，牌面多用桐油或者鸡蛋清刷过，非常坚硬，耐用。

我班上的小伙伴玩的相对高雅，我们是玩踢足球。小胖、麻秆、狗蛋，我们经常一起踢学校的足球。足球是学校的，但总能够被我们抢着。踢着踢着小胖就给抱家里去了。

小胖就是我奶奶给他看过病的那个，是地主家的崽，但同学们还小，没有歧视他的人。麻秆家里特别穷，所以很高但很瘦弱，是光脚踢足球的人，麻秆只有一双鞋，因为踢球费鞋，所以特别爱惜。虽然麻秆也只有一双脚。

狗蛋长得虎头虎脑，他爹是邻队的剃头匠，给他理发特别勤，所以他的短楂小平头特别短，特别光滑。但见：铁牛般一身皮糙肉厚，黑狗样全是冥顽不化。一字粗短眉，二眼散无光。补丁麻裤褂，露洞小布鞋。虽然胸前只剩排骨，仍然力气大如常人。

狗蛋喜欢调皮捣蛋，他去小胖家偷过鸡蛋，说小胖家私种自留地，还养鸡养猪搞投机倒把，说说而已，狗蛋没有去打小报告。

那正是"文化大革命"时期，课堂形式多样，课堂上内容比较随意，同学们不爱听上课讲的内容，老师就让同学们出去玩球，不爱运动的同学可以自由活动。没有考试与升学的压力，是真正的快乐童年。

麻秆是个另类，特别喜欢学习，常常在废纸上写写画画，他成绩好，是一个从不缺课的人，也不喜欢别人逃课。当小胖从课堂上出逃，麻秆第一个追出来，一直追到小胖的家里，但仍然无法拖回体重大于他的小胖。等他返回课堂，反被老师批评一番并罚站半天。

不过麻秆现象得到了回报，他后来不仅上了中学，还考上了一所师专。据说上中学时，家里死活不同意，说养活不了了，麻秆必须回来赚工分。麻秆无奈放弃了，就在屋后院挖地种菜，竟然挖出了一坛银圆，麻秆读书的事又成了。

狗蛋虽然个子矮小，但特别壮实，几个孩子打架都打不过他。爷爷奶奶没空管理我的头发，所以我的头发留得特别长，与狗蛋形成鲜明对比。

小胖吃得多，但跑得不快，而且身体宽大，敦敦实实，是一个天然的"门神"（门墩），所以在我们几个人踢足球的时候他担任守门员，我、麻秆、狗蛋保持三线的传盘带的连接。麻秆特别灵活，是一个好的中锋，狗蛋的脚头特别硬，我的速度小学无敌，所以经常能够赢球。可惜那时候没有教练来发现我们，不然中国足球可能不是现在这个样子。不过现在中国足球得到了与中国乒乓球一样的评价了，都是"谁都打不过"。

如前所述，我们踢的球开始是学校的，后来是小胖的，或者说是由小胖保管的。小胖平常上学迟到多，但如果说是踢球，他都会早到的。

天空露出了鱼肚白，空气湿漉漉的，绿色的小草带着露珠，青翠欲滴。各色花朵，争奇斗艳，显示出旺盛的生命力。四周环境像一幅安静的水墨画，又像一幅写真的油画，十分诱人。一阵一阵的微风轻轻吹来，带来了越来越浓郁的花香。

伴随着微风花香，小胖大清早就带着足球来到了学校。学校空无一人，非常清净。"今天我怎么来得这么早？"小胖王婆卖瓜——自卖自夸地把自己表扬了一番。等了一会儿，还不见人影，小胖骂骂咧咧地说道："迟到鬼们，你们别来吧，我正好一个人玩个痛快。"小胖平常都是守门，踢上几脚过过瘾的机会不多。现在小胖可高兴了，想踢多少脚就踢多少脚。小胖高高兴兴地盘带足球，连过了几个树木障碍后，累得气喘吁吁，小胖不想跑了，只见他猛地转身，高抬起了脚，大腿的肌肉绷得紧紧的，小腿发力，球像一颗炮弹一样漫无目标但又干净利索地弹了出去。"哎呀不好！"小胖的脚还没有完全收回来，就大叫了一声，紧接着就听见"啪"的一声脆响，接着是"哗啦"花盆掉地摔成碎片的声音。原来是足球不偏不倚飞向了学校教师宿舍的窗台上的花盆。足球撞倒了花盆，像一个干完坏事的捣蛋鬼，赶紧逃跑似的反弹回来，落在了小胖的脚下。

小胖吓得浑身发抖，嘴巴嘟嘟囔囔："我不是故意的，我不是故意的。"小胖的话一点不错，他若真想踢中花盆，以他的臭脚是万万不可能的。但现在事情已经发生了，解释是没有用的，小胖脸色苍白，他飞快地拾起足球，逃也似的溜了。一个苗条的身影打开了房门，她看了看一地的花盆碎片，但眼前空无一人，她轻轻地摇了摇头，弯腰拾起摔碎了的花瓣，捧在怀里。

词曰：花色点而欲喜，才似水中涤理，慢慢等花迷。非是人培物育，意妒燕莺倩女，引惹蝶飞蜂起。知己悦心时，却见残芳意地。

这天早上第一节课就是芝芝老师的唱歌课，没有一个迟到的。正式上课之前，"小铁梅"小英子比平时多起了两首歌，同学们非常兴奋，扯着嗓子大声歌唱，压过了其他所有班级的歌声。

"小铁梅"小英子长得是浓眉大眼，因酷似样板戏里的李铁梅而被称为"小铁梅"。但见：衣衫虽旧但洁净，气势昂扬不服输。肌肤微棕，双眸明亮如星，体形丰满，健康优美动人，性格温善，待人有礼。或许百灵有化身，何来人间小精灵？

小英子嗓门很好，负责课堂正式开课前的起歌，起歌后，带领大家一起唱。唱完一首歌，大家立即变得精神抖擞。然后老师宣布上课，我是班长喊"起立"，大家站起来说"老师好!"，老师说"坐下"，大家坐下，这才讲课堂的内容。虽是农村小学，仪式感一点也不少。

劳动委员小芬、年级最高的女生大蛾子都是唱歌积极分子。小芬是班上女同学中唯一的一个短头发，显得英姿飒爽，像极了女游击队长。大蛾子人高马大，比芝芝老师还高，力大无穷，男同学也不敢惹她。

芝芝老师非常高兴地踏进教室，因为她又找到一本油印的歌曲本，要教我们。唱惯了样板戏的同学们，对油印的歌曲本充满期待。这节课老师教得认真，同学们唱得卖力。

芝芝老师宣布进行比赛，大家更兴奋了。比赛分左边三排、右边三排两个组，看哪个组唱得好。

"小铁梅"小英子、小芬、大蛾子一帮唱歌活跃分子在左边三排，向我们右边三排吐舌头，意思很明显，他们绝对实力强，肯定赢定了。我们这边的狗蛋、小胖挥了挥拳头，摩拳擦掌的样子。麻秆倒显得平静，低头在纸上写写画画。

比赛开始了，大家在喜欢的老师面前尽情表现，芝芝老师一直开心地笑着。

比赛结果出人意料，左边三排唱到中间竟然忘词了，而右边三排能够顺利唱完整首歌。

老师正要宣布比赛结果，突然一个胖乎乎的女同学站起来说："老师，不算。"说完，她齐耳的短发还一抖一抖的。

大家一看，这个女同学是劳动委员小芬，都哄堂大笑，劳动委员说劳动不算还可以，说唱歌不算，所以大家笑了。

老师转脸对着她，笑眯眯地问："为啥？"

"因为他们有歌词，所以唱歌不会忘记。"班级第一高的女生大蛾子高叫。

"有歌词？哪里来的歌词？"老师又问。

我暗暗叫苦不迭，大蛾子的座位与我相邻。莫非我的秘密被她发现了？

大蛾子眼疾手快，一把抢过我的作业本，递给了老师。

老师非常吃惊，问我："你写的？"

我老老实实地站起来，不好意思地说："对不起，我不该写！"

不知道发生了什么情况，同学们都蒙了。

原来，老师教唱的时候，我边跟着调唱边把歌词记下来了，一年级认字不多，有不少的错别字。

"你记的?"老师又问我一遍！

"是。"

我一边回答，一边不安起来。虽然我们唱歌赢了，但我偷偷记歌词，我们是看着歌词赢的，属于投机取巧，于是等待着老师的批评。

不料，老师转问大蛾子他们："你们为啥不记歌词?"

"咋记? 那么多生词，又唱那么快！""小铁梅"小英子、小芬、大蛾子一帮人说道。

老师一转身，步履轻盈地走上讲台，把我写的歌词写在了黑板上。

老师说："别人能做到，你们也一定能做到。不会的词可以想办法代替嘛。来来来，大家对照黑板上的歌词，再唱一遍，看还忘不忘词?"

同学们不由得鼓起掌来。

芝芝老师还带我们的算术课，她的课堂非常热闹，孩子们常常得到她的表扬。她出的考试卷，交了卷的，她当场打分。几个先交卷的，得了优，交了卷的得到表扬，非常高兴，就留在教室看没有交卷的人做题。没有交卷的，就问交了卷的："这题对吗?""不对。"好，不对再做。做中有问，做中有帮，不亦乐乎。最后，同学们都得了优，大家高兴地抱成一团，在地上打滚。

趁大家都很高兴，芝芝老师突然和蔼地问道："同学们，咱们班都有谁在踢足球呀?"小胖意识到了什么，脸瞬间变红了。小英子快言快语立即积极表功："有小胖、麻秆……"芝芝老师接着说："有人踢球踢碎了我窗台上的花盆，你们知道是谁吗?"小英子、小芬、大蛾子都摇了摇头。小胖的脸更红了。芝芝老师又问我们几个平常喜欢踢球的："你们知道是谁吗?""不知道。"我与小胖、麻秆、狗蛋异口同声地答道。麻秆像突然想到了什么，便说："可以用数学的排除法，我今天没有踢过球。"

狗蛋说："什么狗屁排除法，你腿长逃跑也快，肯定是你干的。"

我对狗蛋说："照你的说法，小胖跑得最慢了，肯定不是他。"

谁也没有注意到，小胖的脸由红变紫了，他艰难地张了张口，欲言又止。大蛾子有些糊涂了："你们说来说去的好复杂，到底是谁干的？"小英子说："小胖你咋不说话。"

小胖结结巴巴："我，我，我不知道。"

小英子突然说："小胖脸红。"

小胖忙说："是太热了。"

我补充道："不是太热了，是精神焕发。"小英子说："怎么又黄啦，是防冷涂的蜡？"

同学们哈哈大笑，说你们在演《智取威虎山》。

小芬自告奋勇地说："都别演戏了，派我去调查真相吧。"

教室里乱成了一锅粥。

芝芝老师说："大家不要分散学习的精力，这件事先放一放，我等着肇事者自己主动承认。这件事并不大，但可以看出一个人的道德品质。"

放学后，同学们都回家了。只有小胖心里七上八下的，不知道腿要迈向哪里。芝芝老师不知不觉地来到了小胖身边。小胖正要开口，芝芝老师说："我都知道啦，你跑得那么慢。"小胖羞愧地哭了起来，恳请芝芝老师不要将此事告诉班主任小木老师。

小学的老师可不都像芝芝老师那样有本事。也有的人可能是靠关系进的，小学民办教师，有转公办的机会，即便转不了公办，也比农民轻松一些，还可以有一些工资收入，所以也是一个农村人向往的职业。与我不在一个小队的小木老师，父亲在大队当干部，所以能够进学校。与我在同一个小队的小香老师是一位女教师，长得五大三粗的，本来是一块干农活的好料，但她认为当老师轻松，就当了老师。

当然，当老师也要具备一定的文化素质。小香老师县高毕业，文凭是过硬的。小木老师就不知道是哪里毕业的，他身材细长，脸及眼睛也细长，经常眯缝眼。他写在黑板上的字也是细长的，歪歪斜斜的，肯定学历不高。不巧的是，他还是我们的班主任。小木老师平常绝无笑脸，都是一副苦大仇深的模样，好像别人都欠他的钱。他还特别爱整学生，学生都很怕他，所以小胖恳请芝芝老师不要将此事告诉班主任小木老师。其实，小胖不恳请，芝芝老师也不是那样的人。

劳动委员小芬平时表现非常积极，她管开教室门的钥匙，经常是第一个到校，把能坐六个人的长条凳、长条桌抹得干干净净，下午放学又扫地，乐此不疲。自从踢球踢碎花盆事件后，小芬自告奋勇地要去调查真相，芝芝老师没有同意，她不是不相信小芬的能力，而是不愿意把事件影响扩大，以保护肇事同学的隐私权。但小芬比平常来得更早了，她像开茶馆的阿庆嫂一样，一边擦桌子，一边机灵地观察四周，意图发现肇事者的蛛丝马迹。等到了小木老师的语文课，小芬的精神就有些不振了，精力不够了。她看起来是紧盯黑板，但双眼无神，看样子快进入休眠状态了。爱整学生的小木老师盯上她了，在黑板上写了一个"骆宾王"的"骆"字，叫小芬来读。

小芬被突然一叫，吓了一跳，懵懵懂懂，不知道发生了什么。"是让你读黑板上的字。"小英子特别小声地提醒，生怕被小木老师听到。

小芬犹犹豫豫地站起来，扭捏半天不敢读。可是过了一会儿，小芬突然像是开悟了，非常自信，十分肯定地大声读道："倍（儿）。"声音格外清脆。

小木老师吓了一跳，同学们压抑不住，哄堂大笑。

小木老师的眼睛更加眯缝了，他把书本"啪"的一下拍在了讲台上，拿起了教鞭走下讲台。

全班的眼睛都盯着老师，随着他的移动而移动。老师来到小芬的旁边，突然，狠狠地举起了教鞭。小芬吓得眼睛一闭。

不料小木老师举起的教鞭，忽然诡异地方向一变，指向了黑板。"再念一遍。"

小芬知道刚才念的不对了，有些脸红。如果再念不对，后果是什么她非常清楚，所以她更加犹豫起来，迟迟不敢开口。她死死地盯着那个字，恨不得一口把它吞下去，一滴汗珠从她的额头滴了下来。

教鞭对着黑板又抖动了一下，小芬吓得一个哆嗦。她知道老师等不及了，便下意识地张了张嘴，准备无论如何也要发出一个音来。

正在这时，我突然站了起来。

"报告老师，刚才那个错误的读音不是小芬读的。"

小木老师的枪口转向了我，他盯着我沉默了数秒，随后勃然大怒地说："一派胡言，从她嘴里跑出来的不是她读的?"

"是我给她递的条子，条子上提示的这个发音。"

"好啊，条子呢?"小木老师紧追不放。

小英子看到我踢给她一个小纸团，马上捡起来，看也没看就递给了小木老师。

小木老师放过了小芬，教鞭转回来指向了我："你居心何在，让小芬出丑?"

"我只是好心提示她一下。"我格外小心翼翼地说，生怕哪个字会激怒小木老师。

"你是故意的，这个字的发音你不可能不知道！"小木老师继续怒气冲冲地说道，"如果你也不知道这个字的发音，这个班的班长你就不要当了。"

刚进学校让我当班长，不就是我多认识几个字吗？小木老师的话十分有道理。"不当就不当吧，我选小英子当班长。"我说。

小木老师歪着脑袋目不转睛地看了我半天，未置可否。

其实我知道，麻秆是副班长，应该推荐他才对呀。事实上我的推荐一点作用也没有，关键是班主任的意见。但这起码表明了我的一个态度，小英子比麻秆合适。麻秆虽然是我的足球伙伴，但也是个官迷，特别想当班长。在最初班主任（不是这个小木老师）考核班长的时候，我与麻秆是两个主要的人选，一个是班长，一个是副班长。根据认识字的多少，我被拟定为班长。麻秆召集了几个小伙伴，溜进了班主任的宿舍，嘀嘀咕咕地讲了许多我的坏话，什么自由散漫，什么个人英雄主义，什么喜欢捉弄同学……班主任一听生气了："照你们这么说，那就不是当不当班长的问题，而是什么也不能当啊。我再考虑考虑。"后来，学校要推选大会发言者，代表学生在全校大会上发言。选来选去，最后选了我和麻秆两个候选人。班主任很高兴，都是他班上的学生嘛，于是他亲自写讲话稿，让我和麻秆先预比一下。麻秆念得结结巴巴，许多生字不认识，我则念得非常流畅，只有个别生字不认识，经班主任一提示就记住了。麻秆的生字太多，提示也不管用，于是班主任决定由我代表学生发言。要知道，我们只是低年级学生，代表全校发言，可是前无古人的壮举。我的发言获得学校的认同，此后大会只要有学生发言的程序，发言者就非我莫属了。这项比赛的胜出，为我当班长增加了筹码，班主任说："人无完人，要看主流。"于是我当了班长，麻秆当了副班长。

但麻秆确实有过人之处，每次数学老师布置完作业，同学们都在等待麻秆和我的最终结果，然后一部分抄我的，一部分抄麻秆的。不可思议的是，每次我和麻秆的演算结果都是不一致的，但肯定有一个人是对的。如果谁不抄我的，也不抄麻秆的，答案就肯定是错误的。久而久之，大家都养成了习惯，一部分抄我的，一部分抄麻秆的，胜率都有百分之五十。也有摇摆不定者，选择性地一会儿抄我的，一会儿抄麻秆的，如果选择的运气好，胜率会超过百分之五十，但结果是得不偿失的，不如固定选择一个追随的好。最后，我和麻秆都有固定的数学粉丝。如果比数学，我不一定能当班长。

那个时候是夏天，学生中午回家吃饭后，要来到学校趴在课桌上午睡。由班干部轮流值日，记录迟到、早退及午睡不认真的同学，这些同学会受到老师的批评。我们班我、麻秆及班委轮流值日，每个人一周值日一天。

话说值日来到最后的一周，我周三值日，麻秆周五值日。其实同学们的表现还是不错的，一般都会认认真真午休，个别人只是有一些小毛病，如低头装睡看书等，可记可不记。倒是一些班干部，仗着干部身份，搞特殊化，常有迟到、早退及午睡不认真的严重现象。我周三值日时，麻秆就迟到且午睡不认真，我认真拿笔要记录在案，麻秆及时按住记录簿悄声说："周五我值日。"我一下子醒悟了，周五他值日，不可乱写，不然他周五记录我一个午睡不认真，这玩意没有证据还不好反驳，可就麻烦了。于是，我们会心一笑，我在麻秆的午睡记录上写下了OK。

我周三值日对麻秆进行了关照，周五的午睡问题我就没有当回事，午饭后与狗蛋在地道洞里捉起了迷藏。那是一个备战备荒的年月，即保小学也修有地道，与大队麦场等地连通。上学校的时候，小伙伴特别喜欢进地道里面捉迷藏。地道里面太黑，要带小手电或者火柴进去，否则容易迷路。我们在地道的路里面不知道走过多少遍了，非常熟悉。进地道要先从学校或者大队麦场的入口直线下去二三米，然后进入直线地道路线，从麦场或者学校的地道出口出。地道出口是直径不到一米的圆形，有小伙伴为攀爬而挖了一些坎，所以不要梯子也能进出。后来进入地道次数多了，洞口逐渐被扒开，入洞口直径远不止一米了。这些地道成为儿时最大的乐趣。在大队麦场地道入洞口的边上，有一棵高树，也许是地道的记号，所以树被保留。随着洞口逐渐被扒开，入洞口直径大幅扩大，树也紧贴洞口边缘了。这次，我们是通过大队麦场地道入洞口进入地道，通过地下通道，最后从即保小学的地道口出来。由于在地道里行走缓慢，我与狗蛋的午睡迟到了。狗蛋非常担心，我跟狗蛋说："没事，今天麻秆值日。"狗蛋不无担心地说："麻秆会搞阴谋诡计，会不会记录咱们？"我只好告诉他实话："我周三值日没有记录他。"狗蛋"啊"了一下。

到了教室门口，我对麻秆心照不宣地点点头准备进入教室。不料，麻秆突然说："你们迟到了。"

狗蛋诧异地望望我，又望望麻秆，生气地说："你周三迟到，班长没有记你。"

麻秆不动声色地说："是啊，你们不讲原则，我可要讲原则。"

"你！"狗蛋气愤至极，要打麻秆。

我拉住狗蛋，手指麻秆："你等下次……"

麻秆开心地笑着说："不好意思，今年这是最后一次……"

我突然感到一阵恶心，要踢麻秆，被狗蛋拉进教室。无可奈何之中，我们开始认认真真地午睡起来，生怕麻秆在迟到的基础上加上一笔午睡不认真。

麻秆的一举一动，像放电影一样在我的眼前晃动。麻秆的所作所为，都是为了班长的宝座，我可不能让他的阴谋得逞。所以这次小木老师说这个班的班长你就不要当了的时候，我直接提出要小英子接班，万万不能让麻秆渔翁得利。

　　但从小木老师的表情看，他并不是真心要在这个时候换班长，因为理由还不十分充足，还不是水到渠成。于是，他准备了下一个考验。

　　突然，只见小木老师一个急转身，风驰电掣地走上讲台，拿起粉笔就在黑板上写了一个笔画非常多的字"紊"，大声问我："这是个啥字？"声音硬邦邦的，又凉水一样冷冰冰的。

　　同学们一个个目瞪口呆："乖乖，这个字这么复杂谁能认识？"

　　麻秆幸灾乐祸地看着我。

　　我瞪了麻秆一眼，心想：这个字没有见过，但上部分的"文"字和下部分的"系"字都认识，该念哪个音呢？蒙吧，概率只有50%或者更小，这可不行，如果蒙错了就与小芬的性质完全一样了。还是"坦白从宽"吧……

　　"快点，到底会不会？"小木老师准备发飙。

　　我准备坦白了，把要说的话在心里默默念了一遍："'文'和'系'我都认识，但组合后的字就不认识了。"

　　于是，我犹犹豫豫慢慢吞吞地答道："'文'……"

　　"算了，你蒙对了。"小木老师在我发出第一个字音的时候就立即不耐烦地打断了我，因为等待的时间太长了。

　　我还蒙头蒙脑地想不明白，蒙对了？我话还没有说完呢？啊，我突然明白了，这个字真的念"文"，好家伙，还好我说得慢，如果说得快，把整句话都说出来，"'文'和'系'我都认识，但组合后的字就不认识了"，可就麻烦大了。

　　麻秆一脸的失望。

　　小木老师皮笑肉不笑地眯缝着眼说："算你运气好，认识这个字的一半，耍小聪明给蒙对了。"小木老师说完，气鼓鼓地连下课也没说，就径直走了。小芬害怕，跑来问我："到底怎么办？"大蛾子安慰小芬："怕个鬼，跟他干！"狗蛋说："干你个头，你都干不过我！"

大蛾子双眼圆睁，怒视狗蛋，突然抬腿一脚将狗蛋踹倒。小胖要去帮助狗蛋替男同学出气，大蛾子随便一划拉，小胖站立不稳，踉踉跄跄也倒在地上。大蛾子见麻秆在边上观战，有些生气，说："你还不如小胖。"说完便将右手伸出，食指弯钩，对着麻秆挑衅着："你也来？"麻秆装着没看见，要溜，大蛾子大叫要去拉住他："麻秆会去告状。"

小英子赶紧拉住了大蛾子，说："告就告吧，别闹大了。"她用羡慕的眼神盯着大蛾子看，说，"乖乖，两个踢足球的都干不过大蛾子，我还以为他们多厉害呢。"

大蛾子用得意的眼神看了下我，好像在说：没事的，有姐呢！

但我知道，眯缝眼小木老师可不是好惹的，他肯定不会善罢甘休。果然，不久小木老师就一计不成又施一计，给我们全班来了个大大的下马威。

第七章　全校停课真去捉毛毛小虫
心惊胆战疑遇到妖魔鬼怪

词曰：自习打球亦犹疑，均擅定，自稀奇。上山捉虫，劳动盖学习。全面发展都需要，需兼顾，勿偏离。

怪石嶙峋猫狗鸡，奇形状，不知里。提心吊胆，亦步铗亦趋。锻炼身心立大志，灭害虫，全无敌。

有的人喜欢黑暗，在黑暗里他能够看透一切，更加地如鱼得水。黑暗中的人不用顾忌太多的脸面，可以真正地随心所欲。黑暗中的人，心理是阴暗的，邪念永伴，必通向地狱。但在有白昼之分的宇宙，人们很难分清喜欢黑暗的人，因为是非可以颠倒，黑白可以伪装，一切静候一缕阳光。

话说小木老师一计不成又施一计。一次下午没课，只见小木老师两手空空，悠闲自得、不慌不忙地进到了教室。他似乎有些兴奋，又像是想出了一条妙计那样的扬扬得意。一会，他恢复了常态，似乎漫不经心地问大家："你们是跟我出去打篮球，还是在教室自习呢？"

同学们摸不透小木老师的真实意图，你看看我，我看看你，一时不知道如何做出选择。

沉默良久，有的同学不再伪装，做出了自己喜欢的选择。喜欢玩的同学选择了出去打篮球，喜欢学习的同学选择了自习，多数同学犹犹豫豫，想玩，又怕被批评说不爱学习，后来看多数人选择打篮球就随了大家的选择。少数人选择留在教室学习，包括一些调皮捣蛋的孩子，选择留下学习，以为会得到老师的表扬。

不料，小木老师宣布了一个完全出乎大家意料的奇怪决定，把同学们一下子整蒙圈了。

小木老师宣布：选择打篮球的出去篮打球，选择留在教室的，写检讨。

"啊？"同学们都很吃惊。

小木老师说："我已经说我带你们打篮球，你们还不去，想在教室搞小团体活动吗？"

大家这才明白，没有站好队呀。

只有我心里明白，是我选择在教室自习害了他们。如果我选择出去打篮球，同样会害了选择出去打篮球的同学。

好吧，写检讨啰。一些同学还不知道什么是检讨，高兴地认为这是老师额外给他们布置的作业呢，还挺自豪的，兴高采烈地开始写检讨。我说："连累大家了，咱们写个检讨应付一下吧。"

大蛾子生气地夺过我的检讨书，一把撕碎，说："小木老师在打篮球，咱们找他去打架，谁打输了谁写检讨。"

小胖、狗蛋不计前嫌，附和大蛾子说："对，谁打输了谁写检讨。不过打架太野蛮，咱们比踢足球。"看来小胖、狗蛋对打架打不过大蛾子一事，还耿耿于怀。

大蛾子一听说打架野蛮，十分不高兴，又要单挑小胖、狗蛋。

小英子赶紧拦住，说："咱们不打架，但也不写检讨书，咱们看他能怎么办?""对。"小芬虽然附和,不过她一贯谨小慎微,仍然有些担心,"可是,小木老师那儿怎么办?"。

大蛾子说:"爱咋咋的,咱们都不写。谁写谁是狗叛徒。"大蛾子要早生几年,一定是个革命女英雄。同学被大蛾子的巾帼英雄大无畏气概深深感染了,开始"哗啦啦"地撕检讨书。一位同学的检讨书刚写好,舍不得撕坏,歪头笑眯眯地看,大蛾子一把扯去,撕个粉碎:"如果小木老师要我们交检讨,我一定让他写检讨。"谁也没有注意到,一个人悄悄溜出了教室来到了篮球场,找到了小木老师。小木老师把这个人拉到一边,两个人的脑袋凑在了一起。

大家其实都知道,那个溜出教室的告密者就是麻秆。于是小木老师知道了抗议写检讨事件的始作俑者,大为不满,开始酝酿下一个阴谋诡计。不过,他的诡计还没有实施,就突然被宣布调到里岱小学去了。后来有人说是大蛾子告的状。看来,大蛾子所说的"如果小木老师要我们交检讨,我一定让他写检讨"其言不虚啊。

小木老师被调走后,芝芝老师成了我们的班主任。

芝芝当班主任以后,我们班开始"要文斗不要武斗",重点建设文艺班级,各种文艺活动开展得很好,在庆祝国庆节的表演节目中,我们班小英子、小芬、大蛾子和我表演的《抓舌头》《三句半》都被学校选中表演,后来在大队的戏台上表演给乡亲们看,我们的脸上被彩墨画得花花绿绿的,台下观众人挤人,表演者都很兴奋,大蛾子包办了节目的笑点。小学生表演完毕,样板戏开始演出,演出过程中,枪毙土匪的时候,演员的手枪扳机扣了,但枪没有响,土匪已栽倒在地,观众哈哈大笑。于是又重演一遍,扳机上换了响炮,一扣扳机,这次枪响了,土匪又栽倒在地一遍。观众起哄喊:"再来一遍!再来一遍!"后来,两个演员被批评处理,打枪的演员有意见,说是后勤的响炮有问题与他无关，演土匪的演员有意见，说："他扣扳机了，我能不倒吗？"欲知后事如何，咱们下回不讲。因为我也不知道。

我只知道芝芝老师对我们的学习抓得很紧，她特别注重抓学生学习兴趣的培养，她发现了几个好苗子如麻秆、小英子等，想因材施教地进行培养。她兴致勃勃地制定教学方案，恨不得把每天的时间都充分利用起来。

但是，学校突然通知，全校停课一星期，上鸡公山去捉毛毛虫。学校的学生停课上山去捉虫，在现在是根本不可能出现的事情，但那个时候教育体制要改革，要像工农兵学习，到农村、工厂是学生学习的一部分，本身就在农村的学生，近水楼台先得月，不用事先与农村联系，就可以直接"上山下乡"，而且次数不限。

鸡公山一角

当地有一南一北两大名山，一曰鸡公山（南），一曰尖山（北）。鸡公山状如鸡公，故得此名。

词曰：浓抹麻颜下，花坛秀正装。自然接市井，情属进心房。寻日愚凡色，倏忽敏慧光。何能飞凤起，高艺价无商。

鸡公山山势较缓，山上有粗壮低矮的松柏，枝叶茂盛，古朴厚重；也有参天笔直的雪松，高耸入云，身板挺拔，器宇轩昂，像卫士一样，等待着同学们的检阅，也希望得到同学们的帮助。因为古树上依附的毛毛虫很多。毛毛虫会慢慢掏空树干，为了保护集体树木，需要消灭这些毛毛虫。

学校早晨的空气非常凉爽，草丛中满是露珠。同学们来到学校，但书包变成了塑料袋，带上了煎饼等作午饭的干粮，去捉毛毛虫。一些孩子还没有见过毛毛虫，以为是去玩呢，有些兴奋。小英子好像挺有经验，递给我一只带补丁的手套，说："你也不准备手套，不能直接用手捉毛毛虫，毛毛虫有毒，手会肿的。"几个同学听了，脸色大变。

同学们在教室门口排队整齐，芝芝老师带着毛线编织的露指手套，站在最前面。大蛾子被芝芝老师叫了过来带路，她常干农活，比较熟悉路。我们要去捉毛毛虫的山叫鸡公山，山的名字好听，到了才知道山上根本没有鸡，只有大松树和许多古怪的大石头，大石头奇形怪状的有点吓人。

许多同学可能是第一次捉毛毛虫，大家望着大松树发呆：毛毛虫在哪？怎么捉？芝芝老师也不知所措，让大蛾子来介绍经验。大蛾子介绍说："毛毛虫就在松树上，毛毛虫就趴在树叶子上，颜色有黑色的，也有绿色的、白色的，它们的鼻子都很柔软，嘴巴很小，但很会咬人。"

"啊，咬人?!"同学们又吃了一惊，有的同学还往后退步。

"对。"大蛾子接着介绍，"毛毛虫眼睛虽小，但很管用。也许它正瞪眼瞧你们呢?"

"啊，瞧着我们?!"一些人害怕了。

芝芝老师埋怨大蛾子："别吓唬同学，快告诉大家怎么捉毛毛虫吧。"

大蛾子还没来得及再说，突然，一个冒失鬼用竹竿往树上猛敲一下，一些黑乎乎的小东西马上就掉了下来。

只听得"妈呀"一声，女生的队伍瞬间炸开了，有的捂住头，有的拍打衣服上的从树上掉下来的东西，有的干脆蹲在了地上。

芝芝老师一看，原来是麻秆敲下了毛毛虫。芝芝老师赶紧叫住了麻秆："先别敲。"

我看看地面，地上有一些长满毛的黑虫，有许多小脚，胡乱地在爬。有一只肥肥胖胖的还一拱一拱地向我的脚上爬来，我撒腿要跑。

"别动！"大蛾子忽然按住了我，"你肩上有虫。"我马上不敢动了，斜着眼睛往自己的肩上看。

大蛾子的手迅速出击，捉住了毛毛虫，丢进了她的塑料袋里，把袋口用橡皮筋扎上，动作一气呵成，非常熟练。大蛾子完成了捉毛毛虫的整个过程后说道："地面、树枝、树干上都可能有毛毛虫，像我刚才的动作一样就可以捉住虫了。如果够不着，可以像麻秆一样，把毛毛虫打下来再捉，但不要让毛毛虫上身。"

芝芝老师说："大家看清了吧，就像大蛾子这样去捉虫，每人一天捉七塑料袋就算完成任务。"

"天啦，七袋？七条也难啊！"有同学哀叹。执行力强的同学不管三七二十一，已经开始四散行动了。有的女同学还待在原地，瞪大眼睛，笨拙而认真地用两根树棍夹毛毛虫，像是在餐桌上夹菜一样。

芝芝老师见队伍不好带，就赶紧发布命令："女同学一组，大蛾子带队，去东边的树上捉毛毛虫，捉满了塑料袋就拿到这里来烧！"

大蛾子正要集合队伍出发，一个胆小的女同学哭了："妈呀，我不敢去，刚才虫掉我脖子里了，吓死我了。"

大蛾子说："走吧，有我呢。"拖着女同学走了。

芝芝老师又发布命令："男同学一组，狗蛋带队，去西边的树上捉毛毛虫，捉满了塑料袋就拿到这里来烧！"

狗蛋是个天不怕地不怕的狠角色，还怕什么毛毛虫。由他带队，完全正确。

狗蛋趾高气扬地带着队伍，走在最前面。虽然都是男孩子，但我们这一队也有人走得小心翼翼的，像怕踏中地雷一样。狗蛋走得快，一看队伍没有跟上，就折返回来，鼓动大家说："快去捉，完成任务就可以回家啰。"这一喊，大家劲头十足起来，都想完成任务好快些回家。特别是一些孩子家里穷，没带午饭，更是希望赶快完成任务好早回家。他们的步伐明显快了起来。

我落在后面，捡大家捡剩下的毛毛虫。

不一会，麻秆兴冲冲地返回了，因为他的塑料袋已经装满了毛毛虫。我看看自己的塑料袋，还空荡荡的。我眼巴巴地看着麻秆，想让他分我一些毛毛虫。

麻秆看了看我瘪瘪的塑料袋，嘴角咧了一下，飞快地跑了。这狗东西干啥都想证明他比班长干得好，想当班长都想疯狂了。可捉毛毛虫的确我不擅长，只有看着麻秆去表现。

我继续捡大家捡剩下的毛毛虫，不知不觉，日已过午，我已满头大汗。我肚子开始咕咕叫了，周围的一些同学开始靠树而坐，吃着干粮。看着他们吃，我的肚子咕咕的叫声更大了。

我不由自主地摸摸挎包，里面装的是奶奶摊的油饼。我找了一棵大树靠上去，人舒服多了。我拿出摊油饼，嘴张成"O"形，准备将饼往里塞，忽然我的动作停住了：麻秆不知什么时候突然出现在了我的眼前，眼巴巴地看着我。

真讨厌，还有人喜欢看人吃饭。

麻秆的嘴巴张得比我大，一会儿喉咙里咕咚有吞唾液的声响。麻秆的意图再明显不过了，他是想让我分他一些摊油饼。这狗东西，真好笑，活该。我故意看了看麻秆的眼睛，他的眼睛向旁边看去。我故意咬了一口饼，夸张地做了一个十分享受的表情。

麻秆的嘴角立即流下了哈喇子，然后使劲往肚里咽了咽。

"算了，让他出回洋相，也算扯平了。"我假装居高临下地眯眼瞅着麻秆，感觉到了班长的威严，麻秆一副甘愿接受一切的良民的样子。麻秆见我还没有分享的意思，挪了挪腿，看样子准备原路返回。

我的虚荣心一下子满足了，于是果断地把摊油饼一分为二。麻秆摸摸头，极不好意思地接过来，冲我咧嘴一笑，讨好地说："还是班长好！"

"还是班长好？"我反问他，"你还是想当班长？"

麻秆猛咬一大口摊油饼，然后拨浪鼓一样地摇头。看来在摊油饼面前一切都不重要了。

"你几袋了？"麻秆没话找话问我，与我进一步拉近关系。

"哪壶不开提哪壶。"我没好气地说，"班长搞这玩意不行，才两袋。"我特别强调"班长"两个字，提醒副班长能够明确主次。

"才两袋。我这都第六袋了。"麻秆指了指他放在地上的塑料袋，已是满鼓鼓的。突然，麻秆可能意识到自己是在炫耀，立即不再说了。

麻秆把天给聊死了，空气很沉闷。

麻秆狼吞虎咽几口就咬完了饼，胡乱抹嘴几下，返身就走。

"你的塑料袋。"我喊麻秆。

"这些送你。"麻秆头也不回地走了。

我一下子忘记了麻秆记录我午睡违纪的恩恩怨怨。

夕阳西下了，一阵阵凉风袭来，树林也发出了瑟瑟的声响。最后一袋了，我强打起精神。不少同学看来已经完成了任务，捡毛毛虫的人越来越少了。黑夜正在吞噬着周围的一切。我突然有些害怕。听人讲鸡公山有佛爷，有大佛爷，也有小佛爷，晚上都会出来巡山，还能叫出人的名字，那可就糟了。想到这儿，再看看眼前，一棵棵树木仿佛变成了佛爷的兵将，古怪的大石头变成了妖魔鬼怪。我非常害怕，忽然，怪石后面一条黑影向我扑了过来。

第八章　要任务抢抓机遇争先表现
为牛粪穷追不舍掉进地洞

词曰：互帮互助完任务，尽多做，遵制度。拾粪采药，社会学典故。所有经历是文化，思想通，干劲足。

备战备荒年月出，修地道，以备突。战平两用，喜欢又自如。记得世界要和平，沉住气，创鲰路。

话说鸡公山怪石嶙峋，黑夜的来临增添了神秘的气氛，周围寂静无声，黑洞洞的。只有我的心脏在怦怦地乱跳，我捂住胸口，大气也不敢出，生怕惊动了山上的各路神仙。正在这时，怪石后面一条黑影向我袭来，我惊恐万状，将心提到了嗓子眼，呼吸一下子变得十分困难。我本能地想要逃，却又无法挪动半步。我绝望地闭上眼睛："完蛋了，吾命休矣。"

突然，一个声音炸雷般响在耳边："班长，快回去。"

好熟悉的声音，睁开眼睛才看清来人是大蛾子，心这才从嗓子眼处归位。

大蛾子对着我喊："老师通知，可以回去了。"

我说："我还没完成任务。"

"老师说，可以明天再补。"大蛾子说完又递给我半塑料袋毛毛虫，"送你的。"我感到非常惭愧，自己这个班长当得太不称职了，毛毛虫都靠人家送礼。大蛾子看出了我内心的不安，忙安慰我说："经验靠实践，你会一天天熟悉的。"我突然觉得大蛾子才是最了不起的人了，她说的一切都太对了。

大蛾子说："我对鸡公山熟悉一些。"我忙点头。

大蛾子说："我对农村的活熟悉一些。"我忙点头。

大蛾子说："我太笨了，学习不好。"我忙点头。

大蛾子奇怪地看了我一眼，生气跑了。我忽然明白过来，刚才这话是不应该点头的，便立即摇了摇头。

这一次捉毛毛虫，虽然是同学们的第一次，但大家都基本完成任务，得到芝芝老师的表扬。以后的一周，大家一天比一天捉得多，毛毛虫越来越少了。同学们纷纷对着大树埋怨起来："你为什么不多生些毛毛虫？"

芝芝老师笑道："哪有你们这样许愿的？"

同学们笑疯了。

一个星期的捉毛毛虫群众运动结束了，芝芝老师松了一口气，她早早地来到学校，要给孩子们好好补课了，孩子们心都野了。

踏进办公室，校长笑眯眯地告诉芝芝老师："接临时通知，课不上了，学生得去拾粪、采中药材。"

校长是一个矮矮胖胖的老大妈，十分和蔼，平常总是笑眯眯的，并不是因为通知不上课而笑眯眯的，学生不上课，学校也不能放假，仍然得正常开展活动。

芝芝老师急了："校长，学生一周没摸书了，全野了。"

校长立即制止她："别说了，这是上边的指示。"

芝芝老师说："这是为什么？"

校长笑眯眯地说："问我？我问谁？"

芝芝老师无语了。是啊，现在城里学生都在学工学农，农村的学生不该拾粪吗？听说城里学生都是开卷考试了。芝芝老师想不通，开卷还考什么呀，干脆别考试了。不过人家城里人考不考都没关系，咱们农村的孩子，考得好又怎么样，还不是回家赚工分，修地球？想到这，芝芝老师对校长的工作理解了，思想通了。思想通了，行动就快了。芝芝老师立即下去通知学生："同学们，停课拾粪。"

遇到想不通的同学，芝芝老师常常引用哲人"泽斯乌索德"的名言加以开导，她说"泽斯乌索德"说过"一切该遇到的人，经历的事，都是人生，无论如何都是来教会你什么的。不要埋怨、不要后悔"。大家都不知道"泽斯乌索德"是谁，但都对其名言信以为真，因为这么高大上的名字，听起来就很有学问。后来我慢慢才知道，"泽斯乌索德"是个根本不存在的人，哲人"泽斯乌索德"，翻译成现代中文就是"这是吾说的"，是芝芝老师说的。不过，芝芝老师的"泽斯乌索德"，说的都是有道理的。

"泽斯乌索德"还说："虽然小学没有学到什么文化，但慢慢有了文化。经历也是文化，虽然有时候是猝不及防的，是惊心动魄的，甚至是惊险万分的，但它要教会你什么，所以也是必须经历的。"

芝芝老师的话终于应验了。

这天，拾粪队员不约而同在大队麦场相遇了，大队麦场是放牛人经过的地方，而牛粪体积大，是拾粪队员的首选。

拾粪队员的眼睛都在互相比较，显而易见，麻秆和大蛾子拾粪最多，几乎装满了一箩筐。我、小胖、小英子、小芬、狗蛋的都不多。"麻秆和大蛾子又会得到老师表扬了。"小胖不无忌妒地说。

小英子说："粪都被麻秆和大蛾子拾光了，我抢不过他们。"

大蛾子说："谁让你不起早？"

小芬说："起早也没用，我运气不好，没有碰到大牛粪。"臭烘烘的大牛粪成了小芬眼里的香饽饽，她十分羡慕地看了看麻秆和大蛾子的粪筐。

我觉得有必要打土豪分田地，实现均贫富，于是说："现在我以班长的身份发布命令，一会发现牛粪，麻秆和大蛾子不许拾，小英子、小芬优先拾，小胖、狗蛋和我最后拾。"

小英子、小芬鼓掌欢呼。

"凭什么？我坚决不同意。"小胖坚决反对。

大家正在争吵中，突然，大家呼吸的节奏变粗了，小胖的表现特别明显，两只眼睛像饿狼一样放出了蓝莹莹的光。因为大家看见一群晃晃悠悠的牛慢腾腾向我们走来，我们的眼睛里充满希望，都盯着走过去的牛的屁股，希望牛屁股有所作为。

一般而言，一群牛的队伍，肯定有随地大便者。果然不出所料，那头最健壮的牛在晃到麦场地道洞口时，肚子终于忍不住了，"哗啦啦"在洞口边缘拉了一大堆可爱的粪。

牛粪当前，拾粪队员（包括我自己）似乎全都忘记了我刚才发布的命令，彼此一对小眼神，立即心领神会地撒开脚丫子欢跑过去。我起跑反应不是最快，但被后面的人猛推，一下子进入了前列，离洞口边缘的大堆粪越来越近了，我们兴奋得哇哇大叫。忽然，我的腿不知被谁给绊了一下，几个人的身体立即因碰撞力的推搡而纠缠在了一起，纠缠后的能量互动产生了更大的推搡，这个更大推搡产生的结果是将我推了一个趔趄，惯性向前，我冲了出去，连人带粪筐一起跌进了幽暗的地道里，人昏了过去。

第九章　藏有私心香老师断臭案
祸起萧墙办公楼失大火

词曰：不偏不离保中立，小顽皮，玩游戏。请人断案，肯定得损益。最好自我决争议，最难得，皆满意。

电杆瓷瓶也工具，绳拴住，摇转起。因地制宜，一切靠自己。"地富反坏"搞破坏，需监督，多警惕。

话说不知道过了多久，我微微张开了眼睛，发现自己躺在家里的床铺上。能够感觉到脑袋仍然一阵一阵地痛，仿佛有小虫在撕咬。我四肢沉重，眼神迷茫，已经全然不记得发生了什么。

奶奶在旁边进行着她的那些烧纸人的操作。"老师、同学把你送来后，你一直在做噩梦，在叫喊。"奶奶说，"没事了，小人被赶跑了。"奶奶一边说一边摸我的额头。我这才忍不住大哭起来。哭毕，感觉头痛也一下子好了许多。后来，我特别讨厌牛粪，但特别喜欢牛肉，可能是想替自己报仇吧。

农村没有公园供大家游玩，小学成了小伙伴最喜欢去的地方，真正的爱校如家。小学没有大门也没有保安，大家出入方便。初夏的傍晚，我们会到校园抓知了。树下的平地上，知了所在的地方会裂开一些小洞，很容易被发现。把小洞扒大一些，手指头能伸进去一个，就能触摸到带壳的知了，知了顺着手指就爬了上来，被抓个正着，装进袋子中。知了洞特别多，一晚上抓的知了回家后放地下，上面盖一个大筛子，早晨一看，知了与知了壳完全脱钩了，刚蜕壳的知了特别白嫩，稍微过油炸一下就特别美味，是当时困难时期难得的享受。也可以捉树上的陈知了，用面筋粘其翅膀，或者在一竹竿上，用细铁丝把小塑料袋的开口处撑开成一个圆形的口，将之固定在竹竿顶端，只要竹竿能够够得着知了，将塑料袋的口往知了周围一套，顺势碰一下知了，知了就进入了塑料袋，在袋里折腾几下，就被人捉住了，掐断翅膀，装入袋中，也是一顿佳肴。此种知了壳稍硬一些，是另外一种风味。

放学后，我与狗蛋是比较晚离开学校的，有时候是捉知了，有时候是玩赢钢珠的游戏。反正是没有知了，就玩赢钢珠的游戏。赢钢珠的游戏即在起点线开球以后，谁的钢珠先进入了指定的洞口，对方的钢珠就归先进入了指定的洞口的一方。这种游戏有些像高尔夫。由于钢珠在当时也是一种非常珍贵的物品，大家都希望能赢得胜利。但由于比赛没有裁判，经常会产生争议。一次争议中，小香老师不知不觉地走了过来，我和狗蛋求助于她公平裁决。

但小香老师好像对裁判一职缺乏专业知识，只听她说："你们是要我当法官吧。"

我和狗蛋不知道法官是干啥的，就说："不是法官，是裁判，判钢珠归谁赢。"

小香老师摇了摇头说："真没文化，裁判就是法官。"

我和狗蛋不敢反驳，眼巴巴地瞅着她，只见她拿起争议的那个钢珠，放在眼皮底下看了一会儿，又用手掌擦拭了一下。这是一颗较大的钢珠，常见的钢珠是板车车轮子上的，直径不到一厘米，而这颗钢珠的直径有大约两厘米，不知道是多大的车用的，所以越大的钢珠越难搞到，因为大车难见。

我和狗蛋仍然眼巴巴地瞅着小香老师。

小香老师察觉到了自己的失态，她咳嗽一声，盯着狗蛋看了几秒钟，又盯着我看了几秒钟。小香老师可能是在望闻问切，看谁有道理。我和狗蛋从小香老师的表情上，看不出来她倾向于谁。

狗蛋等不及了，说："老师，我有理由要说。"我也跟着说："老师，我也有理由要说。"

小香老师说："都别说了，公说公有理，婆说婆有理，我清官难断家务事。"

我和狗蛋非常失望：怎么找了一个这样的裁判？

小香老师却是一点也不失望，只见她继续条分缕析娓娓道来："钢珠给你吧，他不满意；给他吧，你不满意。该给谁呢？"

该给谁呢？我与狗蛋蒙圈了，还要给第三个人吗？

要知道，这可是一颗不容易搞到的大钢珠，难道大人也喜欢？想到这儿，我突然感觉到，小香老师特别像一只给两只羊分蛋糕的乌鸦，乌鸦将蛋糕先分成两块，这两块肯定不是一般大。见哪块分得大，乌鸦就吃之一口，然后没吃的那块又大了，乌鸦又吃之一口。吃来吃去，蛋糕都叫乌鸦给吃光了。

狗蛋还在沉思钢珠给谁这一困难的哲学命题。我发现小香老师已经悄然把钢珠装进了自己的口袋。

"走吧。"她轻描淡写地说道，"放学了。"

我顿时高兴起来，因为我与小香老师同队，可以一起回去，然后找个狗蛋看不见的地方，小香老师肯定会将钢珠给我。我美滋滋地想着。狗蛋还在沉思，小香老师已经迈开了回家的步伐。

我与小香老师各怀心事，一起并排走着，要转弯了，小香老师的家就在弯路边上，我以为到了这里小香老师就会将钢珠给我，然后她进门回家。

但小香老师的手根本没有伸向口袋的动作，她回头看了一下身后说："狗蛋还在看呢。"说完这话，小香老师不再理我，径直走进家里去了。

我大失所望，只好乖乖回家。小香老师说狗蛋还在看呢，不知道是真是假，我当时是真不敢回头去看，生怕引起狗蛋的怀疑。不过此事至今仍让我耿耿于怀，也非常后悔：当初为什么不回头去看一下，以便弄清楚狗蛋是不是真的一直在看。

事实上当小香老师说"狗蛋还在看呢"的时候，就意味着她不会给我钢珠了，如果她给我钢珠，被狗蛋看见了怎么办？交易无效啊。所以她携钢珠回家是没有一点破绽的。但如果狗蛋没有看呢，那就是小香老师在撒谎，小香老师略施小计，就欺骗性地携钢珠回家。小香老师肯定学过小学心理学，赌我不敢回头看。

假如我当时真的回头看了，又发现根本没有狗蛋的身影，这一行为一定会让小香老师非常尴尬，然后她会笑嘻嘻地说："骗你的呢，来，给你钢珠。"还有一种可能，小香老师会趁我回头看狗蛋的工夫，快速回到家里，立即关上大门，以避免尴尬。

总之，小香老师直接没收了争议的标的物——钢珠。吃一堑长一智，此后我与狗蛋就很少发生关于钢珠的争议了，即使发生争议，一见老师来了，马上就跑开了，然后找个地方继续争议。我们知道，只要钢珠在，就不怕争议！通过上次事件，我和狗蛋终于明白了一个真理：争议只能由自己解决……

小时候没有玩具，所以钢珠才显得特别珍贵。不知不觉地，我和狗蛋的钢珠就莫名其妙地越来越少了，最后全没有了，原因比较复杂，此处不叙。

于是我就另辟蹊径，寻找新玩物。其实电线杆上的废旧瓷瓶也能玩，将其用绳子拴住，可以摇起转圈。有一次我在玩电线杆上的瓷瓶转圈时，不料击中了观看的小胖的脑袋，血一下子流了出来，我吓坏了。芝芝老师赶来将小胖送去了卫生所，由于送医及时，小胖没有出什么大事。但该行为导致了学校新禁令的出现：禁止在校园玩瓷瓶、火柴、鞭炮、木枪、木棍等危险玩具。我感到有些歉意，因为自己的行为，影响了火柴、鞭炮、木枪、木棍的表现机会。

小胖的家长老地主依然不依不饶，他找到爷爷奶奶要求对小胖进行赔偿，后来见爷爷奶奶家实在发现不了什么油水，这才罢了。

爷爷也喜欢来小学逛荡，他来不是为了挖知了，或者赢钢珠。最开始他来学校是喊我回去吃饭，久而久之，变成了我要喊他回去吃饭。爷爷有空就喜欢上学校这个地方。可能是爷爷没有什么文化，特别喜欢有文化的学校进行文化熏陶，他在学校里走路是背着手的，好像学校的仓库保管员。爷爷喜欢在学校四周里晃荡，大口呼吸着这里文化的气息。这还不够，爷爷于是开始在学校吹嘘说我这个孙子厉害，打小就会数很多数，能数多少亿多少亿的古戈尔的数字。因为爷爷不会数很多数，所以他认为这是非常了不起的成就。其实，爷爷这样做的另一个目的，是想让别人误以为，他也很有文化。

爷爷的腿伤好了以后，依然喜欢在学校四周里晃荡。有一天傍晚，爷爷发现小胖的爷爷老地主也在学校里晃荡。小胖的爷爷老地主身材枯瘦，戴着个猪皮的瓜皮帽，大半个脸都被遮住了。爷爷因为上次小胖看病一事还在耿耿于怀，连累了成分问题，所以对老地主就没有好脸色。老地主也远远地发现了爷爷，忽的一下，像条泥鳅一样一下子就滑得不见人影了。

这个老地主，平常不怎么能够看到，怎么突然来学校晃荡了？爷爷习惯性地想了想，没有太在意。一连几天，再没有在校园看见老地主，爷爷就把这事给淡忘了。

半夜，突然有人高喊："失火了！快救火！"

只见火光冲天，烟雾腾空，火光映红了半边天。大火来自即保学校，一些村民开始涌向着火的地方，一片嘈杂吆喝声。不好，爷爷衣服也顾不上披了，急跑着向着火源而去。许久，火势消去，爷爷拖着疲惫的身躯回到家里，双手提着两捆烧得半焦、糊头糊脑的学校办公用信纸。"给孙娃子演算打草稿用。"爷爷说。原来爷爷救纸去了，这两捆糊纸气味非常难闻，我用了几年也没有用完。以至于后来一看见信纸，就立即涌起一股想要呕吐的感觉。

"为啥子就失火了？"奶奶问。

"不球晓得。"爷爷一边应付，一边思考。

突然，一个念头闪现在爷爷脑中，会不会是他？爷爷不禁倒吸一口冷气，一下子呆住了。

第十章 心怀不满老地主逃跑被抓
打击报复小胖子推人下水

词曰：四处搜寻排偶遇，非自燃，乃毒计。带走主谋，安全出大跞。左邻右舍都高兴，仍有人，不服气。

天气燥热不能提，好河流，水流急。下河洗澡，多提醒自己。远离水火危险源，看四周，不嬉戏。

话说爷爷突然想到的人，就是老地主。从来不去学校的老地主，突然出现在学校校园里，难道是偶然的巧合吗？爷爷越想越不对劲，觉得老地主最可疑。奶奶说："你无凭无据的，不要乱说。人家老地主看着挺老实的。"

爷爷仍然一副怀疑的样子："个老女人懂啥？我只是怀疑老地主，又没有说肯定是他。是不是队里可以调查嘛。"

奶奶说："可别冤枉了好人。"

爷爷一听奶奶竟然说老地主是好人，气不打一处来，说："他是地主，是什么好人？我倒要看看他是不是个好人。"

爷爷一气之下，胡乱披了一件衣衫，就去了民兵副排长二虎的家。当时，队长是有子，正在公社学习，二虎是爷爷相信的人。

民兵副排长二虎，这是一个铁塔般的壮汉，两条胳膊的肌肉比别人的大腿还要粗，浑身有使不完的劲。副排长一向四肢发达，头脑简单，听了爷爷的怀疑，觉得爷爷简直是福尔摩斯，于是连夜让民兵去把老地主押到队部提审。

民兵回来报告，老地主跑了！

副排长立即向大队报告，争取了更多的民兵四处搜寻，终于在山上抓到了灰头土脸的老地主。老地主百般狡赖。

二虎问："火是不是你放的？"

老地主说："冤枉啊。"

二虎又问："不是你放的，为什么跑？"

老地主说："我没有跑啊，今天是我负责在山上放牛，守夜就睡在了山上的。"

二虎说："真守夜还是假守夜？即使是你守夜，这一点都不影响你放火，放完火，你还可以再去山上睡。"

老地主说："那怎么来得及？"

二虎有些急了说："是你说的准还是我说的准？况且咱们村就你一个地主，不是你是谁？你说出一个我就放了你。"

老地主说："我哪知道是谁放的，我说不出来。"

二虎说："那就是你了。坦白从宽，抗拒从严。"

老地主被二虎说得哑口无言。他知道如果不承认，就要抗拒从严。于是就试探性地问："我承认了，就放我走吗？"

二虎心想，先让他交代问题，其他俺可管不了。但不给老地主吃定心丸，他断然不会交代。于是二虎说："这个可以考虑。"看来二虎在民兵工作中积累了不少经验，有些头脑了。

听了二虎的话，老地主果然便爽快承认说："火是我放的。"

二虎追问说："说说为什么放火？"

老地主心想，本来就不是我放的，我咋知道为什么放火？但咱承认了，就得编个理由呀。老地主想了又想，这理由不能太离谱，不然人家不会相信，这理由也得与我的地主身份相适应，真是太难了。老地主绞尽脑汁思考，终于，想好了理由说："我看见队里的孩子都能免费在即保小学上学，心里生气。就想把小学烧了，大家都没有学上。"

老地主想了半天编出的理由其实仍然漏洞百出，啊，你生气就把小学烧了，你生气咋不把校长杀了？把小学烧了，就能使大家都没有学上了？就是地震了学校也能恢复呀。这是个理由吗？

但二虎的头脑没有那么复杂，老地主的话他马上信以为真了，心里还非常痛恨老地主："老地主哇，老地主，你真是阴险毒辣，连学都不让孩子们上。"二虎义愤填膺地大喝一声，"捆上。"民兵上前把老地主的双手用麻绳捆了起来。老地主两眼发愣："不是，排长，这怎么回事？不是说好了交代了就放我走吗？"

二虎冷笑一声："走，是要走！"二虎带着民兵把老地主押回家里，通知地主婆姨赶紧准备衣服被褥后，又带着衣服被褥押着老地主去往大队队部。

老地主被押送带走的时候，我也跟在人群的后面，高兴地追着押送的民兵。突然感觉如芒在背，一回头，我看到了躲在大门口，探出半个脑袋的小胖，我不由得一惊：小胖的眼睛里是一双仇恨得快要喷出火的一对眼珠子。

小胖以后就不再与我玩在一起了。

夏天的即保，特别燥热。天空中巨大的红日，炫耀着淡黄色的刺眼的光，把人的皮肤烧得发烫，地面热浪滚滚，沙土把赤脚烫得不敢接触，接触一下，烫得人眼冒金星。

河流的一边是农民的房子，对岸是万顷良田。一望无际的大平原非常开阔。即保河横穿而过，是整个即保的血脉。即保河小河弯弯，流水潺潺，水质清澈，水草嫩绿，鱼游其间，鱼儿的鳞片闪闪发亮。河边泉眼喷涌出来的，是可以直接饮用的泉水。白天，站在田埂高处，看小河就像漂亮的彩带，飘绕在村庄与麦田之间，绚丽多彩，与天上的彩虹交相辉映。晚上，在皎洁的月光下，天净如洗，无数的星星在闪烁，小河水面一片光亮，温柔的月亮倒映水面，轻轻摇晃，温馨迷人。

小河不宽但很长，有些地方水深流急，形成一些漩涡。河流淹死过人，听说人被淹死在河中以后，要抓住一个替死鬼才能再投生，但这也没吓住下河洗澡的人。小河上有一座石头垒造的桥梁，连接村庄与田野。桥梁是两孔桥，三个桥墩，桥长约50米，宽约10米。小桥很土但很实用。有词曰：桥，独立风中任尔遥。谁知晓，果腹饱难调。

走过小河上的石头桥，就是一望无际的农田，各队基本上都在这里的农田干活。上工时间，桥上人们头戴草帽，扛锄头的，拿镰刀的，赶牛群的，川流不息。马车、牛车等"吱吱呀呀"晃过桥面，车上堆满谷草。

傍晚下工，男人们会在此走下桥来洗个澡再回家，所以这个时候人特别多。女人们不敢看光身子洗澡的男人，都是低着头急匆匆地快速通过石头桥，年轻女子会脸红一下，中年婆姨过桥时会对着水里大骂几句。洗澡的男人们反倒哈哈大笑。

中午的时候都是些学生娃来河里洗澡。学校特别反对，并反复提醒安全问题。前面说过，学校的中午是午睡时间，男女学生都要趴在课桌上睡觉。班干部轮流值日，监督不睡觉者或者私自外出者，在名单上做记录，由班主任据情处理。学校也会派人对下午入校的学生进行抽查。抽查检测是否在河里洗澡的方法其实很简单：在被抽查者的胳膊上用手指甲划上一道印，如果指印不明显或者快速消失的，就是没有洗澡的。反之，就肯定是下河洗了澡的。有的孩子想到了应对的策略：把胳膊抹上厚厚的灰，一般就不容易检测出来，但也可以划肚皮、大腿、小腿等进行新领域的检测，你不可能浑身抹灰吧，检测对学生是一种技术上的威慑。

但无论怎样，都不能完全杜绝学生下河洗澡的现象。

这天，天气特别炎热，没有一丝一毫的风，人被热得喘不过气来。狗蛋鬼头鬼脑地找我，生拉硬拽地要一起去下河洗澡。班上的值日干部小组长已经打好了招呼，他前天中午外出，正好是我值日，就没有做他的记录。所以今天我中午外出，他也会顺理成章地不做记录。外出有了合适的机会。更重要的是，这个值日的干部小组长与麻秆不同，不会搞阳奉阴违两面三刀，是个可靠的小干部。

我是不会游泳的，所以很少下河，即使下河，也是在河岸边的浅水处意思意思就行了。但这次扭不过狗蛋，被拖到了河边。

上次与狗蛋玩赢钢珠游戏，二人都痛失钢珠，狗蛋多少有些怀疑我与小香老师共同作弊。我百口莫辩，遇事便迁就狗蛋一些。另外，狗蛋还帮过我一次大忙。

那次该我值周，主要任务是开、闭教室的门。虽然空荡荡的教室里无须防范，但仍有公共财产需要保护。下午放学后，我刚要锁门，发现挂锁的"锁梁"被无意识地按出了锁体，无法恢复。挂锁的扣锁原理是锁体上装有可以扣接的环状金属梗（"锁梁"），按下锁梁使之与锁体的洞口扣接便成为封闭的一道锁具，只有用钥匙才能打开。此时的"锁梁"已被按下，但不是被按进了洞口，而是被按在了锁体外，自然无法锁门。无论我如何折腾，"锁梁"都没有恢复原状。我叫住狗蛋，令其操作。狗蛋一番胡乱捣鼓，仍然一无所获。

狗蛋失去了耐心，大大咧咧地说道："不要弄了，一次不锁门，不会有什么事的。"

我说："万一……"

我的话还没有说完，就被狗蛋拉走了。

走在半路，我还是不放心，万一教室里的公共财产丢失，后果不堪设想。我一把抓住狗蛋，要返回校园。狗蛋一万个不愿意，磨磨蹭蹭，消极抵抗说："回去有啥用，难道咱们要守在教室外面？"

突然，芝芝老师端着瓷碗从学校食堂门口出来，她先躬身将瓷碗放在土砖地面，然后蹲下身子准备进食晚餐。

我仿佛找到了救命的稻草，芝芝老师肯定能够解决"锁梁"的问题。我赶忙拉着狗蛋，躲藏在灌木丛后，透过灌木丛的缝隙，观察着芝芝老师。

狗蛋立即也明白了，说："你躲什么呀，找老师去弄啊。"

我捂住了狗蛋的嘴。"锁梁"是我弄坏的，我可不能去见老师。于是我对狗蛋说："你去找老师修好！"

狗蛋说："不去，谁弄坏的谁去。"

我只好利益引诱："狗蛋，这次你去了的话，下次你提什么要求，我都可以答应。"

狗蛋可能想到了有什么事情要求我，这才爽快地答应了。

我叮嘱狗蛋："不要出卖我，说是你弄坏的。"我可不愿意在芝芝老师面前自毁形象。

狗蛋走向了芝芝老师，芝芝老师接过了锁，并转头向灌木丛望来。我吓得赶紧低头，心想："狗蛋一定出卖了我。"

不一会儿，狗蛋返回灌木丛说："老师已经修好了，说以后有问题就找她，教室的门可不能不锁。"

我接过锁，狂奔而去，生怕被芝芝老师看见。

无论如何，狗蛋这次是帮了我的忙。所以，当他拖我去河边的时候，就说："上次你说的我提什么要求，你都可以答应。不许反悔!"于是，我拗不过狗蛋，被拖到了河边。

中午洗澡的人很少，也很分散。我不敢下水，坐在石头桥的边缘，把脚伸进水里晃荡，看水里面的人们嬉戏。

突然，我感到后背被一掌猛击，猝不及防，我一个倒栽葱就跌入了深深的河水中。

在入水的那一刹那，我从倒影的水面仿佛看见了推我的人的身影，听到了他快速逃逸的急促的脚步声。眼睛的闸门快速关闭的一瞬间，河边的杨柳树倒立着向天空飞去，片刻全无影无踪了。我一边咕咚咕咚大口喝水，一边晃晃悠悠地沉了下去，连"救命"两个字都没有机会喊出来。周围一切都沉寂了，一片黑暗，我感到天旋地转，就像柳絮一样飘飘忽忽，上升到了云海深处。

第十一章　占便宜地主崽队场偷粪
报私仇弹弓枪子弹复仇

词曰：助人为乐数花花，一心意，别无他。浑身有劲，业务一把抓。县里泳队集过训，远闻名，近爱家。

冬天冰寒鸟喳喳，冷空气，嘴巴哈。手提灰笼，心理温暖法。不顾夜寒偷鸡粪，弓非婀，指脸颊。

话说我进入河水的一瞬间，巨大的冲击力将附近的水花一下子扬起，鼻孔快速冲进了实实在在的夹杂泥沙的水，一股腥味。身体里的骨头像摔碎了一样无比疼痛，头脑感觉到了天旋地转。最难受的是，我感到根本无法呼吸，又不得不呼吸，但呼吸进去的是越来越多的夹杂泥沙的水，肺部开始剧烈地疼痛。随着飞快地坠落，我开始本能地胡乱抓扯，身体强烈地扭动，拼命地拍打周围的水，想借水冲出水面，但水软绵绵的，一点支撑力也没有，越来越多的水通过口鼻进入体内。太累了，我彻底放弃了挣扎，软软地躺了下去。我的眼前出现了五彩斑斓的小星星。跟着小星星，我很快迷失了自我……

爷爷奶奶老土屋屋后面靠路边的一家，是夏天的家。夏天高高的个子，有点玉树临风。夏天的家靠路边，所以家里也卖些糖糖果果，食盐酱油。夏天刚刚成亲，娶了一个漂亮的外村媳妇，媳妇负责经营小卖部。大人小孩子都喜欢看新媳妇，夏天家的小卖部有一阵子红红火火。后来新媳妇发现来看的人多，买东西的人少，就不再化妆了。

夏天家还有个妹妹，叫夏花花，夏花花还没有嫁人，她皮肤黝黑，浑身有劲，赚的工分比夏天的还多。可能是因为这个原因，夏天也不希望妹妹早些嫁人。新媳妇本来想在娘家那里给夏花花介绍婆家的，后来也明白什么了，不再热心张罗此事。

夏花花的能干我是亲眼所见，夏花花挑麦子可以挑一百多斤。我有一次参与割麦子的时候，突然天降大雨。社员们急急忙忙将各自割好的麦子捆绑后，挑起麦子跟随一溜的长队往队里赶去过秤。我背着被雨水浸透的麦捆，非常吃力地走着，雨水还在不断地增加麦捆的重量。我正想休息一会儿，突然，夏花花赶到了，她二话不说，直接一弯腰抓起了我的麦捆，往她的扁担尖上"咔嚓"一挂，大步流星地走了，我小跑着在后面追她。到队部后，她把我的麦捆卸给了我，说："你先去称吧。免得雨水漏完了。"我知道夏花花的意思，雨水是有重量的，大家都想先称，因为这次是天赐良机，肯定会打破各自的纪录。果然，我的麦捆过磅秤的时候，麦捆中的水还在磅秤边上潺潺地流。记录员不管这些，因为水也不是故意加的，是大家辛辛苦苦挑回来的，所以丝毫没有扣除。我欢呼雀跃，天啦，有18斤，这可一下子大幅度打破了我的历史纪录。值得说明的是，这与体育比赛超风速打破纪录不算成绩是不一样，超"雨重"队里是承认的。而且管你兴奋剂不兴奋剂的，吃也可以，挑回来即可，没人追究。当然，那个时候根本没有兴奋剂。

兴奋之余，我屏住呼吸，静候夏花花的过磅成绩。我偷偷观察夏花花黝黑的脸，感觉到了一种非常健康的美丽。但夏花花的脸上一点也看不出激动，她平静地排在队伍之中，听着一个个打破纪录的成绩。终于，夏花花的麦捆上磅了，一捆、两捆、三捆……夏花花轻轻松松地提起麦捆，放在磅秤上。可能是等待的时间太久，夏花花的麦捆在磅秤上已经看不到潺潺流水了。但记录员的声音还是吓了大家一跳："夏花花，170斤。"天啦，夏花花又破了队史纪录，大家交头接耳，点头称是，年轻人还蹦蹦跳跳地欢呼起来："夏花花，你好棒！"我伸出了大拇指，因为只有我知道，夏花花麦捆的真实重量应该再加上18斤。夏花花的功力真是深不可测啊。

夏花花不仅劳动效率高，而且出勤率也高。双高的夏花花是队里的"第一猛人"，社员们特别喜欢她。那个时候没有包产到户，也没有包产到人，队里每个人都不许偷奸耍滑，否则别人就要多干。但如果夏花花式的人多了，别人就会轻松一些，所以，大家感谢夏花花。

但今天的夏花花在水稻田里有些反常，不知道是早餐的红薯稀饭里的红薯变质了，还是自己上次淋雨挑麦留下的后遗症，反正是肚子一阵一阵地绞痛。夏花花是能够忍受疼痛的人，但今天实在是忍受不了了，她强迫自己弯下腰去插水稻苗，肚子却是感觉像要炸裂一样。她不敢弯下去，怕肚子会突然破裂，肠子会流出来。她只好向领队请假，利用中午的时间去卫生所拿些药物，以抑制自己的疼痛。领队催她快去。这是夏花花生平第一次提前离队，她心里过意不去，心有不舍地上路了。

天空中骄阳似火，夏花花却是面色蜡黄，额头上驻扎着黄豆粒大小的汗珠。夏花花用一只手按住肚子的疼痛区，另一只手拿下草帽，轻轻地扇了一下。

正在这时，她听到了若隐若现的呼喊："救命，快救命。"

小路上空无一人，呼喊声来自眼前的桥下。

夏花花顾不上疼痛，向桥奔去。草帽掉在了地上，被风吹得连连向后翻跟头，一会儿就消失在茫茫田野。夏花花奔到桥上，肚子的疼痛因为奔跑加剧了，她不得不单腿膝盖跪地缓解疼痛，随之而来的是一阵激烈的喘息。这时候她听见了一个非常清晰而急促的儿童的声音："快救命。"夏花花追寻着声音，随后纵身一跃，只听"扑通"一声巨响，激起的浪花两丈多高，落下的水花溅到了桥上，形成一摊水渍。

不知道过了多久，我的耳朵突然可以听见一阵一阵嘈杂的议论纷纷的声音。不用看，周围一定布满了人。我微微睁开眼睛。

一个年轻的女子还在拼命挤压我的肚子，我的口边淌出了大摊的水渍。狗蛋还在旁边抹眼泪。狗蛋只会狗刨，还在自责没有能够自己救人。但狗蛋喊来了救人的人。我认识，那个给我肚子挤水的人是夏花花。夏花花见我睁开了眼睛，突然两手一松，脸色苍白地歪倒在地。一股鲜血顺着她的裤管流了出来，与我吐出来的水渍相互重合，形成了淡淡的红色。

我没事了，夏花花被送进了医院。最后的诊断结果是腹部肿瘤破裂，万幸的是肿瘤是良性的，被提前发现了。否则，后果不堪设想。村民们得知此事，大赞夏花花好人有好报，一切都是天意，都是老天的刻意安排，也是一种特殊的考验。

爷爷奶奶带着我提着点心到医院看望夏花花并表示感谢。夏花花说："我也要感谢你们，使我的肿瘤提早发现，及时拆除了定时炸弹。"

爷爷佩服地说："那也得亏你会救人，是你积攒的福气啊。"

夏花花说："我从小就在河里练习游泳。女孩子不好意思在桥下与男人们一起游，我就到远处的上游游。"

忽然，夏花花像是想起了一件特别重要的事情，她让我到她的跟前，严肃地说："不会游泳以后千万不要去水边玩耍，太危险了。"

我说："是有人推我下去的。"

"谁呀?"爷爷奶奶急切地问道。

"没看清楚。"我吞吞吐吐地回答。

"唉,没事就好!"奶奶一声长叹。

没看清楚。怎么没看清楚。这个肥胖的小身躯就是烧成灰我也认得。我说没有看清楚是怕爷爷奶奶担心。但这狗日的小胖,我一定要你血债血偿!

我开始对小胖认真观察起来。

小胖的生活轨迹是既有规律又没有规律的。他在家里不是吃就是睡,白天很少出门,在家养膘,这是基本规律。他去学校是三天打鱼,两天晒网,哪天去哪天不去,根本没有规律。去学校后,他都会早退。不管他知不知道我已经怀疑上了他,他都会心中有鬼,怕我报复,所以有所警惕。我一直没有找到报仇的机会。

冬天的即保是十分寒冷的,老头老太太都整天抱着个灰笼子(一种土制大茶壶,里面装些木炭火烤火用),小孩子也提着小灰笼子,用罐头盒什么的装些木炭火,用线提着烤火。效果不一定好,只是增加了心理的温暖感。

冬天的晚上更加寒冷,农村人多是早早躺进了被窝,好在当时没有计划生育工作,否则,这项工作可不好做。队里派给爷爷的任务是晚上住在队部的仓库里守夜。

夜晚的仓库里空空荡荡,特别空冷寂寞。爷爷在仓库里空旷处,烧了一堆火,我很好奇,愿意陪爷爷在仓库里守夜。爷爷带着我给队里的每头牛都喂了一遍草料,然后给一些重要的牛加喂了牛饼(一种给牛加餐用的豆饼,掺杂了豆、草等杂物,我也偷吃过,但爷爷说人不能吃多,否则会拉不出来)。但我还是感到奇怪,问爷爷:"为什么给这些牛喂牛饼,它们是领导吗?"爷爷笑了:"臭小子,还知道领导呢?"

我说:"不是领导,为啥子给它们加餐?"

爷爷说："这你就不知道了，这些牛明天要干重活，所以要喂好一点。"

我明白了，这才是真正的按劳分配呀。

被豆饼加餐的牛心里肯定也非常清楚，明天它们要干犁地等重要的活。被喂草料的牛或者小牛，心里肯定也非常清楚，明天它们会被放牛娃带到山上去吃野草，以减少队里的负担，今天就吃个半饱吧，权且当作减肥了，小母牛还更加高兴，身材更好了。

我和爷爷喂完牛草料和水，又四周查看一番，发现牛之间非常和谐，根本没有发生抢夺食物的现象。连好吃的牛饼，该谁吃谁吃，不该吃的也不抢。

我又问爷爷："不干重活的牛抢牛饼吃怎么办？"

爷爷好像没有想过这个问题："牛也不傻，它们心里清楚得很。"

我对爷爷的回答很不满意，又回头去看，果然没有牛去抢干重活的牛的牛饼。看来牛的纪律严明，多吃多干，多劳多得。抢人家的牛饼，你能去替人家干活吗？

我心里仍然疑惑，爷爷说，牛也不傻，它们心里清楚得很。但人都做不到的事情，牛为什么能够做到？如果你拿好吃的喂人，肯定会被人不管三七二十一地马上抢个精光。谁会抢谁多吃。难道是："人也不傻，他们心里不清楚？"

我偷偷掰了一块牛饼，返身回到刚吃完草的牛的栏边，爷爷刚要制止我，已经来不及了，我把牛饼丢给了眼前的大黄牛。

大黄牛瞪大眼睛看了看我，确定牛饼是给它的，然后就吞嚼起来。

爷爷赶来说道："完了，这牛明天要干重活。"

"为什么？"我不解地问。

爷爷说："因为牛知道，吃了牛饼就要干重活。"

我不以为然："没事，明天不让它干重活也可以。"

"不行。"爷爷斩钉截铁地说："牛都看着呢，不能乱了秩序。"

我终于明白了，难怪牛的世界里秩序井然，是有公正的执法者呀。

我与爷爷回到空仓库非常惬意地烤火，然后美美地进入了梦乡，我梦见了干重活的人，吃得特别丰盛，我摸摸自己瘪瘪的肚子，一样感到心满意足。

半夜，我被尿憋醒了，爷爷还在呼呼大睡。我起身出了仓库，外面繁星点点，静得有些可怕，我不敢走远，准备就地解决。突然，我似乎听到附近有窸窸窣窣的动静。"有敌情。"我既紧张又兴奋，看来今天还会有意外的收获。我兴奋得尿意全无，想独占功劳，又怕力不从心，最后还是回到了仓库，准备告诉爷爷，一起应对，才有胜算。

不料，进到仓库，我发现爷爷还在呼呼大睡，我异常生气："爷爷的革命警惕性太低了，这怎么能够保卫公家的财产呢?"我正要去拍爷爷的"破肚坏肚"，突然，手在半空中停住了。"来不及了，等爷爷醒来一磨叽，敌情早没了。"我改变主意了，爷爷不是我不叫你，是你太不争气，是该我立功的时刻了。

我小心翼翼地从枕头下取出心爱的弹弓，弹弓架闪闪发亮，坚实无比，是爷爷那次上树跌下，顺势从老杨树上掰下来的。我悄无声息地关上仓库的门，顺声寻找刚才听到的动静。

窸窸窣窣的动静还在队场上继续。我四处观望，队场上堆满了麻秆、麦秸秆等杂物。我靠近堆场一处麦秸堆做掩护，仔细观察四周的动静。突然，我眼睛一亮，在堆场边缘，看到一个似乎熟悉的小身影，身形一起一伏的，像给人磕头一样。这个身影虽然小，但是非常肥胖，特别是他地下的影子放大后，变成了巨胖的身影。没错，是那个胖小子小胖，我闭着眼睛也能知道是他。真是踏破铁鞋无觅处，得来全不费工夫。原来胖小子白天睡觉养精蓄锐，晚上精神抖擞来偷队里的鸡粪。这些鸡粪可是一家一户辛辛苦苦捡来交公的，是用来滋养队里的蔬菜基地的，你这样损公肥私，简直天理不容，我心里不由得义愤填膺，恨不得马上把他捉拿归案。我正要冲出去，又把迈开了的腿收住了："不行，不能打草惊蛇。万一抓不住他让他跑了，可就无法对证了。"我一边飞快地思索对策，一边观察小胖的一举一动。只见小胖用小铁铲飞快地把队场上的鸡粪堆上的鸡粪，划拉着往自己带来的化肥袋子里面装，不知道他到底偷了多少袋，我的心越来越疼。刹那间，公仇私恨一起涌上心头。我想不到更好的办法，于是就把弹弓换上了一颗大粒的石头子，瞄准了小胖肥肥的大脑袋。我暗暗地想："我要在你脑袋上留下证据，看你还如何狡赖。"

我从小练习弹弓，日复一日地对着电线杆不停瞄准射击，练成了小小神弓手，打下来过不少的麻雀、斑鸠。

我知道，凭我现在的技术，这一弹弓下去，小胖的脑袋肯定大开花。我既报了私仇，也立下了保护公家财产的功劳，说不定还会得到队里的奖励呢。想到这里，我的力量一下子变得特别强大，我屏住呼吸，用力把弹弓皮拉得满满的，拉得满满的，准备发射……

第十二章　以德报怨解冤仇
莫名其妙丢泥鳅

　　词曰：以德报怨解冤仇，收弹弓，走小偷。放人一马，让他自回头。浪子回头金不换，算别过，自此后。

　　尖山巨蟒胜马牛，懂感恩，保河流。芦苇野丛，抢犯常露头。荒无一人天不应，有智慧，靠自救。

　　话说我屏住呼吸，用力把弹弓皮拉得满满的，准备发射。突然，一双布满老茧的大手压住了我拉弹弓皮的手，我诧异地回头一看，是爷爷。爷爷收缴了我的弹弓，又对着胖影子大喊一声："谁在偷粪？还不快跑！"

　　这一叫喊，吓得偷粪人慌忙丢下化肥袋，一溜烟地逃跑了。

　　爷爷走近粪堆，把化肥袋里的鸡粪倒在粪堆上。

　　我十分不高兴，埋怨爷爷。

　　爷爷说，谁愿意当小偷？那个胖小子家里没有男人，放他一马吧。

　　自此以后，小胖子再也没有来队场偷过公家的东西。

　　过了一段时间，即保小学放火案有了反转，经过公安部门勘查现场，反反复复地验证，最后发现学校的火是电线短路引起的失火，并非人为所致，现场没有发现任何汽油、煤油、酒精的残余，没有发现进入现场的痕迹，现场没有被破坏，没有发现火柴、烟头等引燃物。老地主在案发时，的的确确睡在山上的牛棚里。根据这些证据，老地主在大队被办学习班学习了几日后，放了回来。但此后老地主心有余悸，再也没有去过即保小学。"事实上，人类的一切灾难，都源于不愿意老老实实地待在屋里。"老地主悟禅了，此后便老老实实地待在屋里。

话说老地主在即保小学失火的时候，住在山上。该山位于大队的一小队的尽头，是一片山脉，看不见山的那边。山脉中最高的山叫"尖山"，这里的山与鸡公山方向不同，山貌不同，鸡公山上树大无水，这里的山上树多溪多。

"尖山"一角

"尖山"山势高峻，不易攀登，适合远观。每当太阳冉冉升起的时候，"尖山"头顶霞光万道，人们的崇拜之情油然而生。有时，"尖山"山顶烟雾缭绕，白云会在"尖山"山顶停留，像给"尖山"戴上了白毡帽。有时，白云会无限温柔地缠住"尖山"的腰，像赠送给"尖山"的腰带。

诗曰：近观云似远，远看是云亲。山中云多变，迷人讨笑心。

小时候听老人说，"尖山"山顶盘桓着一条巨蟒，晚上巨蟒会松开身子将头伸到山下的小溪里喝水。小孩一哭闹，大人会说，再哭巨蟒来了，小孩顿时停止了哭闹。"尖山"是一片神秘之地，小孩子不敢涉足。

很久以前，传说"尖山"附近一农户家里的房梁上爬着一条蛇，当地人说蛇进家门不能捉或者赶走，因为蛇吃老鼠，会给家里带来平安。农户的儿子就把蛇喂养起来，蛇一天天变大，长成了一条巨蟒。农户家揭不开锅了，有一天，蛇对农户的儿子说："我的肝值钱，你割一些去药店卖了吧。"说完，张开了大口。农户的儿子半信半疑，顺蛇口进入，找到肝，割了一小块，到了县城，竟然卖了不少钱。

过了一段时间，钱用完了，农户的儿子又想到了蛇肝，对蛇说："大蛇呀，家里又没有钱了，怎么办？"蛇想了一会儿，说："像上次一样，再割些我的肝去卖吧。"农户的儿子大喜，蛇张开了大口，农户的儿子顺蛇口进入，找到肝，割了一小块。

农户的儿子准备出来。突然，他发现蛇鲜红的肝脏非常巨大，一个念头闪现：进来一趟不容易，为什么不多割一些呢。想到这里，他又举起了尖刀，向蛇肝割去。蛇突然感到腹部一阵剧痛，大叫一声，昏死过去了……蛇的嘴巴关闭了。

这个故事一直在当地流传，告诫人们要感恩，不要贪得无厌。巨蟒后来就在"尖山"栖息，再也不进入人家了。"尖山"一带没有野生动物出没，可能跟巨蟒的镇守有关。事实上谁也没有见过巨蟒，但小孩子都不敢向"尖山"的方向探头张望。

后来上学了，老师带学生去上尖山捉蜈蚣、采药材，同学们才胆战心惊地上了山，然而并没有发现大虫，问老师才知道那是传说。

我们队离尖山虽然不远，但是中间有段百多米长的路段很狭窄，路的两边都是比人还高的野芦苇，晚上经过更增加了阴森森的氛围。一到晚上，这条路上更是荒无一人。

尖山脚下是队里的水田地，爷爷负责水田地的犁地任务。水田地犁出来的地里有非常多的泥鳅和黄鳝，犁头一翻开泥土，泥鳅和黄鳝就自动跑了出来，我捡也捡不及。有的黄鳝被犁成了两半（泥鳅身短，较少出现这种情况），一半还在泥土里，我捡起地上的一半，用手把泥土里的另一半给挖出来，由于收获满满，我干得非常开心。

突然，一条粗大的"黄鳝"给犁出了泥土面，活蹦乱跳的。我第一次看见这么大的"黄鳝"，不敢去捡，爷爷边犁地边回头说："咋不捡?"我看见大"黄鳝"仍然在胡乱翻滚，我不敢近前。爷爷放下犁，没走两步就大叫："别动，这是蛇。"我吓得脸色大变，不敢乱动。爷爷快速返身拿回赶牛的鞭子，狠狠抽打大"黄鳝"，终于，大"黄鳝"不动了。爷爷用泥土重新把这条"黄鳝"给掩埋了。

此后我捡黄鳝和泥鳅的速度就慢了下来，碰到黄鳝，要仔细看上一看，然后再捡。虽然慢吞吞地干，但犁出来黄鳝和泥鳅实在是太多，带的竹篓子给装满了。我跟爷爷说我回去把黄鳝和泥鳅倒进缸里再回来捡。我说此话，其实还有一个目的，刚才的大"黄鳝"的阴影一直还在脑海里，我想回去逃避一下。

爷爷什么也不知道，但他也很累了，于是一屁股坐在田埂上说："也好，我也歇息一下。"说着，他从别着的腰带里拿出旱烟袋，用火石打火点烟。

爷爷抽了一口烟，吐着烟雾，又好像想起了什么，于是对我说："别乱跑，快去快回。"

我不满意爷爷的啰唆，一边跑一边不耐烦地说："老头子别烦人，我不害怕。"

事实上爷爷可能不知道，这是我第一次一个人走路，越是第一次走路，越是嘴巴强硬，不愿服输。我虽然嘴上说自己不害怕，但等到真正走进了芦苇丛，四周寂静无声，一个人也看不到，我就隐隐约约感到自己的腿在莫名其妙地发抖，我的心不由自主地提到了嗓子眼，心脏怦怦地跳得非常快。

不怕，有弹弓呢。我摸了摸别在腰里的弹弓，只好自己给自己打气。

芦苇丛的小路一片死寂，我越走越害怕，我心虚地给自己壮了壮胆，突然吓得小跑起来。我要尽快穿过这条死寂的芦苇丛小路，心想快过吧，快过吧，王母娘娘保佑我快快通过这魔鬼小道。突然，我的心跳停滞了：一个硕大的身影像鬼魂一样悄无声息地挡住了我的去路，吓得我魂飞魄散，差一点摔倒在地。

"哎呀，鬼呀！"我吓得大叫。

"谁是鬼？"硕大的身影厉声叫道。

啊，不是鬼，鬼不会讲话。糟糕，是碰到抢犯了！我忽然明白了，但忽然又迷惑了："抢犯都是蒙面大盗，劫富济贫的，抢我小孩干什么？"而且来人并没有蒙脸，可以清晰地看见他额头上有一条明显的疤。不是蒙面大盗，为什么要抢劫？

啊，明白了，可能是他穷得连蒙脸的纱巾也没有，或者是他觉得蒙不蒙脸都无所谓，因为抢一次是一次，打一枪换一个地方。总之，他是个抢犯无疑。

这个额头上有一条明显的疤的人，是一个我从来没有见过的人，肯定是外村的人。他衣服满是破洞，胡子拉碴，像个叫花子，一看就是好吃懒做之人。难道叫花子要不到饭，直接开抢了？

"小孩，背篓里的东西给我！"胡子拉碴的家伙可没有时间想，直接命令道。胡子拉碴的家伙命令完，不等我回答，就直接抢下了我的背篓，往里面看了看，转身就飞快地跑，时间对他非常重要，他要尽快脱身。

我非常气愤，抢人东西招呼也不打，也不说明理由，抢了就跑，连谢谢也不说，太不懂礼貌了。好嘞，跑吧，跑了好，你不跑我还不敢打你呢！

我摸出了我的弹弓，来不及多想，快速装上弹弓石子，来不及瞄准，啪的一下石子子弹就发射出去了。

"哎呀！"胡子拉碴的家伙大叫一声，双手捂头，背篓重重地掉在了地上，背篓里面的泥鳅和黄鳝洒了一地，惊慌失措地四处乱爬。

胡子拉碴的家伙头上开始冒血，我开始以为他要跑，或者在地下胡乱抓些泥鳅和黄鳝装进背篓再逃跑，也算保留了一些胜利成果。

可是我猜错了，没想到这个家伙是个亡命徒，我的石子子弹击中了他，也刺激了他。胡子拉碴的家伙迅速转身，用手胡乱擦了几下额头，目露凶光地向我猛扑过来，一边大喊："找死！"

再次发射弹弓石子已经根本来不及了，我本能地掉头就跑，一边大喊"救命"。

胡子拉碴的家伙报仇心切，脚步飞快。我人小腿短，气喘吁吁。

很快，我感到衣衫一紧，胡子拉碴的家伙从我后背抓住了我的衣衫，几乎要把我提起来，我两腿直蹬，胡子拉碴的家伙顺势一个扫堂腿把我摔倒在地。只见他嘴角露出了邪恶的笑，高高地抬起了右脚就要踏向我的好肚优肚。

　　我吓得闭上的眼睛，心想完蛋了完蛋了，好肚优肚要变成破肚坏肚了。寂静的芦苇丛只听得"哎呀"一声惨叫，把芦苇丛远处的鸟儿都吓得飞走了。

第十三章　机缘巧合浪荡子归正
大爱无疆剃头匠度人

词曰：自由恋爱巧安排，小赟气，不再来。机缘巧合，一段好期待。艺不压身走四方，献快乐，胸怀开。

农民智慧实践来，有生活，又实在。算命先生，有时是例外。投机取巧终不长，宁走莉，别弄卖。

大蛾子今天感到心底的无名火特别大，随时可能喷薄而出。

由于劳动力的不足，她家里穷得屋里都是空荡荡的。她的父亲腿脚不好，是开山炸石头给炸瘸了，离不开拐棍，干不了重活，只能在家里附近地里干些小活，也做些木工小活。母亲改嫁走了。大蛾子继承了父亲的基因，长了一副大身板，里里外外都能忙活。

大蛾子今天不用上学，要到地里去犁地。一般小孩子干不了这个活，大蛾子却掌握了犁地的方法。没办法，穷人的孩子早当家。

犁地首先要取得牛的信任与配合，其次，犁地者要掌握好犁具平衡，再次，要稳定住犁刀，最后是控制犁地的深度。犁地最关键的是选好牛，牛是犁地的主力军。"一粒红稻饭，几滴牛颔血"（郑遨《伤农》），说明了牛的辛苦。

　　但是大蛾子早晨起来晚了。昨天晚上父亲叮叮当当地赶活，吵得她一晚上没有睡觉，迷迷糊糊刚想睡会儿，公鸡就叫了，不一会儿，天就放亮了。大蛾子心里的无名火开始点燃，她不好发作，便胡乱往嘴里塞了半个野菜团子，急急忙忙去牵牛，犁耙子在地里，但牛在生产队的牛棚。紧赶慢赶，大蛾子还是迟了一步，她熟悉的青皮小水牛已经被人领走了，她只好领了一头大黄牛。领牛的时候，牛棚管理员问大蛾子："就这一头牛了，你能不能行？"大蛾子正在气头上，一句话不说，牵了牛就走。

　　一般来讲，水牛和黄牛区别明显：从外观皮毛的颜色看，水牛的皮毛是浅黑色或青灰色；黄牛的皮毛多为黄棕色的；从牛角的形状看，水牛的牛角细长且弯曲，呈弯月形或螺旋形，黄牛的角较短且直立，呈圆锥形或半圆形，并向前或向后倾斜。

　　除上之外，水牛的体型比黄牛大，力气也大，但比较温顺。大黄牛体型不大，但脾气大。

　　所以参加角斗的牛，一般都是选择黄牛。一般人看似水牛好斗，黄牛不好斗。其实不然，水牛体形高大，一旦发性，也只是把对方赶跑，黄牛则不同，一旦发性，扬起尖角直刺对方喉头。加之黄牛普遍性躁，角的形状也与水牛不同，便有民谣唱道：

　　　　水牛角，向里弯，

　　　　黄牛角，向外翘。

　　　　水牛逐角擦层皮，

　　　　黄牛逐角似刀铰。①

---

　　①　浙江人民出版社. 浙江风物志［M］. 杭州：浙江人民出版社，1985：416.

现在这头大黄牛正用铜铃大的眼珠子不服气地瞪着大蛾子，好像在说："你这个女娃子也配使用我？我斗你！"

大蛾子分配的犁地的田就在芦苇丛旁边，她在这里干过活，以前的小水牛很听话，犁地很顺利，偏巧，今天的牛不是小水牛，而是大黄牛。牛也会欺生怕熟，欺女怕男。大黄牛遇到大蛾子，让它听话是不可能的了。大蛾子拉紧缰绳，大黄牛原地不动，给大蛾子来了个大大的下马威。大蛾子的无名火开始升腾，她想："我今天不给你来个'见面礼'，我就没法再在犁地界混了。"大蛾子从早上就开始积攒的无名之火，决定在大黄牛的身上彻底爆发。

但大蛾子一点也不傻，她知道单挑大黄牛没有一点胜算。她有牛鞭，但那等于是给皮糙肉厚的大黄牛挠痒痒。情急之下，大蛾子急急忙忙四处寻大木棍，大黄牛却挑衅地昂扬起宽厚的脖子，它一点也没有察觉大蛾子的无名之火开始熊熊燃烧了。大蛾子被刺激疯了，高高地举起木棍……

正在这时，大蛾子听见了芦苇丛里面的救命声。可以想见大蛾子有多么生气了，想打个牛都这么不顺。牛不听话，人也不听话。先不打牛了，打不听话的人吧。大蛾子夹带着棍子一下子冲进芦苇丛，想看看是谁在惹事？啊呀，这一看不要紧，大蛾子吓了一跳，一个壮汉正抬脚要脚踏地上小孩子的肚子，这就是不听话的那个人啊。大蛾子义愤填膺，飞身一跳，抢在了壮汉的前面，人到棍就到了。

话说胡子拉碴的家伙一个扫堂腿把我摔倒在地，高高抬起右脚就要踏向我的好肚优肚。突然，只听得"哎呀"一声惨叫，我本能地捂住肚子。奇怪的是肚子一点疼痛都没有。我疑惑地睁开眼睛，一下子愣住了。

只见胡子拉碴的家伙手捂住脑袋，惊恐地睁大着眼睛，血再次滴在了地上。他的身后，是一个英姿飒爽的高个子女孩，手里提着一根粗木棍，棍子的头部有点点血迹。

"大蛾子！"我高兴地大叫。与此同时，大蛾子的粗木棍又对着胡子拉碴的家伙的后背猛砸下去，她今天的无名火全都发泄了，感觉到通体畅快。胡子拉碴的家伙摇摇晃晃几乎倒地，剧烈的疼痛使他站立不稳，他知道不是对手，三十六计走为上计，便一瘸一拐地钻进芦苇丛逃了。

"快追！"我命令大蛾子。

大蛾子对我这个班长一点也不尊重："追你个大头鬼，快起来吧，真丢人。"大蛾子一边说，一边拉我起来，"快走吧，打起来我们不一定占便宜。"

"你真是个女神仙，怎么就知道我在这里？"我有些奇怪地问大蛾子。

大蛾子说："谁知道是你在这被虐？要知道就不来了，这么危险！"

我说："以后班长你当。我这个班长当得太不爽了。"我觉得要感谢一下大蛾子，可我只有班长这顶帽子。

"谁要你这个破班长？"大蛾子对这顶破帽子不屑一顾。

"还好你在附近，你太厉害了。"我羡慕地对大蛾子说，不要帽子我就夸奖你。

大蛾子有些后怕："今天太险了，也得亏今天的牛不听话，我寻了半天才找到一根棍子准备打牛，没想到给你派上用场了。不然我真找不到工具，赤手空拳还不被他打扁了呀。"

我不再言语，对大蛾子竖起大拇指。

"太谢谢了，大蛾子，没想到你这么机智勇敢。"我由衷钦佩地说。

大蛾子假装发怒："别瞧不起人，以后姐不救你了。"

我对她伸出了大拇指，又拍了拍胸口，表示千真万确是由衷的钦佩。

大蛾子看出了我内心的不安，忙安慰我说："别夸我了，恶心人。你以后也会一天天变强大的。"我仍然觉得大蛾子才是最了不起的人，她说的一切都太对了。

大蛾子说:"我对尖山这一带熟悉一些。"我忙点头。

大蛾子说:"我对坏人坏事看不惯一些。"我忙点头。

大蛾子说:"但我还是太笨了,学习不好。"我忙准备点头,忽然明白过味了,立即变点头为摇头说:"你一点也不笨。"

大蛾子仍然奇怪地看了我一眼说:"你怎么回事?"

"啊,刚才最后一下,我没点头呀。"我不解地说。

"不是问你这个,是问你在这里被虐是怎么回事?"

我一五一十地告诉了大蛾子。

大蛾子听了我的遭遇,怕再遇到抢犯,一直坚持把我送回家里。奶奶对她千恩万谢,她见姑娘人高马大,便说:"姑娘你太优秀了,我帮你说一个好婆家。"

大蛾子一下子羞红了脸,不好意思地扭身走了。

"别三句话不离老本行。"我知道奶奶是一个编外媒婆,老是打岔,于是回归正题,"都怨你,泥鳅和黄鳝没啦。"

"唉,没事就好!"奶奶一声长叹。

忽然,奶奶的反射弧回来了:"泥鳅和黄鳝没啦,怎么怨起我来了?"我蛮横不讲理道:"就怨你。""好,怨我。唉,没事就好!"奶奶又一声长叹。

不久,大蛾子向队部反映了芦苇丛路的安全隐患问题,队长一声令下,路两边的芦苇被生产队砍光了,露出了光光的灰土大道,走的人也多了起来。胡子拉碴的家伙再不敢露面了。

后来,姑姑谈的第一个对象,长得高大威武,但是腮帮子边上有条疤,我怎么也不愿意接触他,后来他们吹了。姑姑找了个个子矮小但是脸部光滑的对象结了婚。

农村人一般非常保守,年轻人婚恋要靠媒婆。奶奶作为一个编外媒婆,业绩秒杀专业媒婆，说成了不少对的男男女女。

媒婆在中国的婚姻制度中具有举足轻重的作用。中国古代的婚姻制度是无媒不成婚。如《诗经·卫风·氓》曰："匪我愆期，子无良媒。"《管子》曰："自媒之女，丑而不信。"认为不用媒婆则不符合道德的要求。《唐律疏议》规定："为婚之法必有行媒。"认为不用媒婆则不符合法律的要求。媒婆具有了法律上的重要地位。

但是，媒婆一般缺乏实事求是的态度，存在吹嘘、隐瞒等弊病。许多关于媒婆的故事都有介绍。奶奶作为一名编外媒婆，也经常给我讲这样的媒婆的故事。

奶奶讲媒婆的故事，一再强调说，媒婆千万不能隐瞒事实真相，媒婆只是牵线搭桥，成功不成功要看缘分，但不能坑蒙拐骗，也不能收人钱财。

但也有例外，公社的小赟，是我奶奶的亲戚，镇上人。他长得风流倜傥，运气应该很好，无奈生下来左小腿略细，有轻微残疾，走路时慢慢走看不出来毛病，走快了就会高一脚低一脚的。所以，家里给他起了个名字叫小赟，希望他能够有好的运气。有一次他来看我奶奶，中午奶奶在厨房里做饭，小赟往灶里添柴火。邻村的剃头匠大虎家的远房侄女，一位长得眉清目秀的姑娘，来找奶奶借什么东西，两个年轻人见面了，奶奶就让姑娘在厨房帮着烧火，自己出来到堂屋里拿姑娘要借的东西，奶奶告诉我不要到柴屋（厨房）去。我调皮地非要去柴屋，小赟把我赶了出来。过了一会儿，奶奶找好姑娘要的东西，返回时，见厨房的门已半关了，奶奶就在外边等。一顿饭的工夫，两人出来说确定了关系了。奶奶给剃头匠大虎一说，都挺高兴。

这可能算是自由恋爱，但我仍然相信这一切都是奶奶这个媒婆的巧妙安排：小赟一直坐着往灶里添柴火，不站起来走动，姑娘一直戴着棉线手套，她的左手是六指。

　　大虎是我们队里民兵副排长二虎的远房表哥，他们不在一个队里。大虎也是狗蛋的爹，是他们队里唯一的剃头匠，不用到地里干活，靠走村串户，凭手艺吃饭。狗蛋以他爹为傲，当他与小伙伴发生矛盾时，狗蛋会说让我爹不给你剃头。小伙伴摸摸头说："我不是怕你呀，是怕你爹。"我小时候与狗蛋玩时，被大虎看见，就要给我剃头。大虎一边剃头，一边考我和狗蛋："我出个对对子你们看谁答得快。"狗蛋怒道："还答得快，能答出来就不错了。"

　　大虎说："我出个简单的。上联是：为人堂堂正正。"狗蛋寻思：人对狗，为人堂堂正正，作狗歪歪倒倒？不像话呀。狗蛋没有说出口。我说："这个简单，下联是：处事从从容容。"大虎骂狗蛋："小崽子简单的你也不会？"狗蛋心想："我想简单了，原来为人还可以对处事呀，这也不复杂。"他对大虎说："有本事你再出一个。"大虎张口就说："好，上联是：为善是中人物意。"狗蛋一听，说："这里怎么没有人与事了呀。"大虎问我："孩子你会答吧？"我答道："下联是：若明要识地天心。"大虎说："不错，下次剃头免费。"狗蛋一听，高兴了，说："费半天劲就是个下次剃头免费呀。那我答个什么劲？我本来就是终身剃头免费。"

　　大虎生气地对狗蛋说："再不好好学习，天天向上，你的头我不剃了。"大虎见狗蛋被唬住了，说："最后给你们出一个特别难的。狗蛋你也别难过，因为其他人也会与你一样。"狗蛋说："看不出来，老爹还是有点文化呀，你去当老师得了。"大虎说："我没有毕业证，就是道听途说、博采众长。"我说："算了，不对了。"大虎说："没事，可以不对。你们也对不了，听听题目就行了。上联是：非知止岂可定静安虑得。"狗蛋一听就要走，这么长，记都记不住。我知道上联中是四书五经的内容，因为在"批林批孔"的时候，我了解过相关内容。于是答道："下联是：若至诚则能人物化育参。"不管答得对不对，我和狗蛋都跑走了。但从此以后，大虎给我剃头，死活不再收钱。

其实，大虎真正的本事是一边剃头一边讲着笑话，不知不觉头就被他剃完了。有的人剃完头还舍不得走，想继续听他讲笑话。他自己说自己是剃头匠里面故事和笑话讲得最好的，讲故事和笑话的人里面剃头剃得最好的。

农村人把讲笑话称为"讲古话"或者"逮抛"，逮抛就有夸大或者吹牛的意思，不一定契合大虎讲的笑话。

大虎的笑话从不重复，不知道他的笑话源于何方。如果他不做剃头匠，一定是一个非常优秀的民间艺人。故事家们如果能够找到他，会挖掘采写出许多好的笑话故事。他讲的故事我现在都念念不忘，都是有关蠢女婿的，他对我说，你们小孩子以后都要做别人家的女婿，我讲个关于女婿的笑话故事。

大虎的声音具有不像是农村人的磁性，而且娓娓道来，不疾不缓，让人听着非常舒服。剃头的，不剃头的，脚都像是被钉住了一样，不能挪开半步。

大虎说："说呀从前，在咱们村……"

大伙一听咱们村，一下子拉近了距离，有身临其境之感，连忙问："咱们村谁呀？"

大虎其实不是咱们村的，他在哪里，就以那里作为"咱们村"。大虎说："别打岔，也别对号入座。"

大伙不再问了，大虎接着说：

"在咱们村有一个大户人家老财主、老地主。"大伙一听老地主，仿佛心领神会地笑笑。大虎马上说："请勿对号入座。"

"话说老财主、老地主生养了两个如花似玉的女儿，两个女儿很快就被求婚出嫁了。① 结婚后，新年里都要来看望岳父岳母。二女婿家境富裕，又有家庭教师专门辅导，所以很有文化还会讲话，是个能说会道的聪明人。大女婿家境贫寒，没有文化还不会讲话，是个傻不拉叽的傻子。""为啥漂亮的大姑娘会嫁给傻不拉叽的大女婿？"大伙又问。村里的大傻子歪豁嘴流出了哈喇子："我咋没有漂亮的大姑娘嫁？"

大虎说："人家是傻，不是丑。"大伙都嘲笑歪豁嘴："人家傻子虽然傻，但长得美。不像你是个歪豁嘴。"歪豁嘴捂住耳朵，走了。大伙笑呵呵地看着歪豁嘴的背影。

大虎接着说："言归正传，为啥漂亮的大姑娘会嫁给傻不拉叽的大女婿？因为傻子还救过大姑娘的命。"

啊，大伙明白了：这更加合情合理了。

大虎说："原来傻子并不傻，只是穷。有一天下大雪他砍柴归来，见老地主家的大姑娘在咱们村结冰的池塘上玩滑冰，非常优美。傻子就在一边乐呵呵地看。突然，只听见大姑娘脚下'咔嚓'一声脆响，冰面破裂，大姑娘一下子就掉进了冰窟窿，情形十分危险。傻子来不及多想，立即跳下水救人。傻子拼命把大姑娘推上了岸，自己却没有了力气爬上来，在冰冷的水里一直浸泡着，后来被二虎带民兵巡逻时发现，才捡了一条命。但人已经被冰冷的水给泡傻了。"

啊，大伙明白了：傻子是救人救傻的，那大姑娘是应该嫁给人家傻子。

大虎说："傻不拉叽的傻子冒险救了大姑娘的命，大姑娘知恩图报，就嫁给了傻不拉叽的傻子。开始老地主坚决不同意，大姑娘以死抗争，老地主只好同意了。但岳父岳母仍然不喜欢傻子。过年了，傻子要来看望岳父岳

---

① 大虎讲的故事可能也是听别人讲的或者在哪里看到的，因为他没有文字的整理，无法鉴别。

母，岳父岳母知道大女婿本来就没有文化，不会讲话，现在还傻不拉叽的，怕他给自己丢脸，就逼着傻子来之前一定要先学会两句文雅的话，否则不许进门。他们知道如果这样的话，傻子说话文雅，他们就不会因为傻子而丢面子。事实上，这是地主富人毫无人性、虚伪无知的表现。因为，如果傻子不会说话，就不让女婿进门，这是毫无人性。如果傻子学会了两句话，就让女婿进门，这虽然满足了他们虚伪的虚荣心，但也不是长久之计。殊不知，傻子学会了两句话，难道就一直说这两句话吗？不是最终还是会露馅的吗？所以说，地主富人又是无知的。"

"话说岳父岳母逼着傻子学话，傻不拉叽的大女婿无可奈何，只能照办。虽然家里没有钱，但为了岳父岳母的面子，就腆着脸皮，借了些钱出去学话。傻不拉叽的大女婿出了门，经过咱们村的老槐树，只听见一个儿童指着树尖，奶声奶气地说：'喜鹊叽叽又喳喳，热烈欢迎我回到家。'大女婿一听儿童说得很有文化，恳请儿童教他说这句话。儿童笑嘻嘻地说：'我随便说着玩，有啥学的？'大女婿说：'我给你钱。'儿童拿了钱，教会了大女婿这句话：'喜鹊叽叽又喳喳，热烈欢迎我回到家。'"大虎说到这里，会提问大家，"你们知道这个教傻子说话的儿童是谁吗？"大伙胡乱猜测一气，没有正确答案。有人生气地说："管他儿童是谁，又不是你的儿子。"大虎要的就是这句话："嘿嘿嘿，您说对了，就是我的儿子狗蛋呀。"大伙笑了，说："狗蛋真聪明。"也有人说："你儿子以后比你有出息。"这时的大虎会非常高兴，大虎非常高兴了，才会继续讲下去。如果大伙没有夸狗蛋聪明有出息，大虎就会停住不讲了。大伙为了听笑话，还得再夸狗蛋。

大伙都夸狗蛋，大虎的兴致更高了，接着眉飞色舞地讲道："大女婿记住了这句话，继续往前走，只见一只老母猪追着一个农妇狂奔。农妇边跑边回头骂道：'老母猪老母猪你别笑，我一会儿杀了你往热水里泡。'"

"大女婿一听农妇说得很有文化，还特别押韵，恳请农妇教他说这句话。农妇说：'我正被猪追得狂奔，如何教你？'大女婿立即赶跑老母猪，救下农妇，说：'我给你钱，教我说刚才的那句话。'农妇拿了钱，教会了大女婿这句话：'老母猪老母猪你别笑，我一会儿杀了你往热水里泡。'"大虎说到这里，会提问大家，"你们知道这个教傻子说话的农妇是谁吗？"大伙胡乱猜测一气，没有正确答案。有人生气地说："管他农妇是谁，又不是你的老婆。"大虎要的就是这句话："嘿嘿嘿，您说对了，她不是我老婆，但是我表弟的老婆。"

其实，大虎的远房表弟二虎还没有结婚，但他喜欢本队的年轻小寡妇。小寡妇名叫腊花，丈夫在点炮炸山的过程中被石头砸中不幸离世，没有留下一男半女。腊花随耳聋的婆婆一起生活，一个住前院，一个住后院，腊花忙前忙后地照顾。不过也有人不知道二虎的婚姻状况，对大虎说："表弟的老婆真聪明。"也有人说："你表弟的老婆以后比你有出息。"大虎哈哈大笑说："我与人家的老婆比什么？"

大虎说："咱们书归正传，话说大女婿记住了儿童、农妇教的话，心想：'岳父岳母要求我来之前先学会两句文雅的话，现在正好两句了，圆满完成，收工。'傻子乐呵呵回家了。

"一转眼就过年了，老地主的两个女婿都来岳父岳母家拜年。二女婿来了，大家都围了上来。二女婿有文化，与大家谈诗论画。

"大女婿来了，大家又围了上来。大女婿没有文化，但来前要求学两句文雅的话，大家想看看大女婿学得效果如何。岳父岳母虽然不欢迎傻子进家门，但转念一想，这傻子既然敢进门，肯定学会了文雅的话，先听听再说吧。

"大女婿见大家都围了上来，高兴地说：'喜鹊叽叽又喳喳，热烈欢迎我

回到家.'

　　"岳父岳母一听,非常高兴。岳父手捻薄须,含笑点头。岳母笑呵呵地对大家说:'大家看到了吧,谁说我的大女婿没有文化?'

　　"傻子一看,岳母笑呵呵地看着自己,立即想到,岳父岳母要求学两句文雅的话,说了一句,还有一句呢,要赶紧说,免得忘了。于是,傻子也笑呵呵地看着岳母说:'老母猪老母猪你别笑,我一会儿杀了你往热水里泡。'

　　"嗨,全完!"

　　大虎说:"给你们出一道数学题,求此时此刻老地主婆岳母心理阴影的面积。"

　　大伙哈哈大笑。

　　大虎一天到晚手不闲,嘴也不闲,全家的话全让他给说光了。

　　不知道二虎知不知道远房表哥大虎将他编进了故事里面。大虎的弟弟副排长二虎,虽然是远房表亲,但与大虎截然相反。副排长壮,大虎瘦;副排长高,大虎矮;副排长黑,大虎白;副排长话少,大虎话多。副排长二虎即使知道远房表哥大虎将他编进了故事里面,可能也不会反对,因为他懒得讲话。

　　大虎每天走村串巷,口里滔滔不绝。副排长二虎每天走队串巷,拿个破锣在队里的中通道路上走一遍喊一遍"开工锣""开工啰",然后一天无话。这喊"开工啰"的活动,本来是队长有子的专利,但有子经常在公社学习,这时,副排长二虎自告奋勇地接下了这活。

　　听到副排长的催叫,男女劳动者就开始出发或者忙着准备出发。会计在队部坐镇,工分记录员刘记录会带队,大家跟着到队里的田里干活,刘记录记分,年底凭工分领钱或者实物。

　　刘记录长得一表人才,文文静静又有文化,头脑灵活。家里婆姨长得非常水灵，只是体弱多病出不了工干不了活。婆姨虽然体弱多病，但性格刚强。有次与一家发生纠纷，对方欺她柔弱，婆姨受点轻伤，硬是在对方家里躺了一个月，好吃好喝，对方千恩万谢地才送走了她，以后没人再敢欺负她。她家的重活有时候是一个单身汉帮助干的，刘记录给计点工分补贴。由于有记录的身份，他家日子过得比别人家好。后来土地承包了，没有了记录员的优势，又干不了农活，情形就不如从前了，但比一般人家还是强一些。

副排长二虎敲完锣，会到村里面的漂亮小寡妇家再去叫一遍，小寡妇一般都拖拖拉拉的，副排长叫后，寡妇随副排长一块儿出工了。有时候刘记录会对副排长二虎说，就小寡妇家没有出工，你去叫一下，副排长于是听从刘记录的安排，脚步欢快地走向小寡妇家。副队长二虎驾轻就熟地来到腊花住的后院，他知道她婆婆耳聋，便无所顾忌地扯起嗓子喊道："腊花……"

一连喊了几声，无人应答，二虎就进了院子。腊花披着花棉袄这才懒洋洋地开门出来："我当是谁呀，原来是排副。""腊花……出工了。"二虎一边说，一边贪婪地打量腊花鼓鼓的胸部。

腊花被看得不好意思，脸一红说道："知道出工，怎么排副还亲自来请呀？"

二虎摸了摸头说："这不，习惯了。"

腊花说："咋的啦，看人家奶子都看习惯那？"

二虎脸一下子变得通红，张口结舌说不出话。

腊花往左右看了看，四周没人，便一下子拉住二虎的手，说："习惯了就别站门口了，进屋吧。"

二虎脸红了，压抑不住兴奋，便随腊花进了房间。

后来二虎亲自叫寡妇出工的这个秘密被越来越多的人发现了，也意味着水到渠成了，有一次副排长二虎来求奶奶，替他说个媒。奶奶出马，副排长的事也成了。这又是一种媒婆发挥作用的模式。

由于媒婆发挥了非常好的作用，小赟和副排长后来的生活都很幸福。副排长后来还被提升到大队去了。小赟也实现了小幸运。大虎对自己的远房侄女非常关心，既然姑娘满意，大虎对小赟这个腿脚稍不灵便的侄女婿也很支持，拿出自己的积蓄，他们合伙在镇上开了家理发店，没想到，以前干啥都不成器的小赟，对理发有兴趣，理发店开得很红火。大虎主要工作仍然是在农村走村串户。

一天，在一处僻静之地，一个胡子拉碴的人拦住了挑着理发工具的大虎，大虎看他的额头上有一条明显的长疤。劳动者经常会受伤，留下疤痕是家常便饭，所以大虎也没有在意。这个胡子拉碴的额头上有一条明显长疤的人，像个蓬头垢面的叫花子，可能多少年都没有剃头、刮胡子了，长长的胡子都杂乱无章地粘在一起了，头上还有一个没有完全长好的伤口。大虎没有丝毫的嫌弃，因为确实有一些人因为穷而理不起发的，大虎可以免费帮助他们。

大虎特别认真地帮助这个胡子拉碴的额头上有一条明显长疤的人整理好头发，刮干净胡须，并用热毛巾仔细敷他头上的伤口，给他讲穷人战胜富人的一些笑话故事。大虎说，人穷不是罪过，上天会关照穷人的，会给穷人智慧的。所以越是穷人，越不能放弃。

这个胡子拉碴的额头上有一条明显长疤的人，脸上、头上变得干净了，大虎一看，这也是个相貌堂堂的人呀，应该会有出息的。于是大虎把自己带的一天的干粮全部都给了他，还把赚的钱拿出来，用布包好，递给他。

这个不再胡子拉碴，但额头上仍然有一条明显长疤的人"扑通"一声给大虎跪下了，用蒲扇大的巴掌来来回回猛扇自己的脸："我不是人，我该死。"

大虎愣住了，连忙扶这个不再胡子拉碴，但额头上仍然有一条明显长疤的人起来，但他不肯起来，说："恩人哪，我不是人。"大虎知道，这里面肯定有故事，于是问道："有什么心事但烦请讲。"

原来，这个不再胡子拉碴，但额头上仍然有一条明显长疤的人，就是在芦苇丛抢我黄鳝和泥鳅的人，他家有 80 岁的老母亲病倒在家，家里家徒四壁，实在无可奈何，才打起了抢劫的主意。今天，他的计划是要抢劫大虎，因为大虎的理发摊肯定有现钱，他原计划假装理发，等理完发，剃头匠向他要钱的时候，他便会说自己没有钱，从而骗剃头匠跟他回家拿钱或者拿实物冲抵，然后找个时机实施抢劫。万万没有想到，大虎不仅免费给他理发，还给他干粮和钱，可把这个不再胡子拉碴，但额头上仍然有一条明显长疤的人感动坏了，他长跪不起，发誓从此不再干一件坏事。

这一席话把大虎惊得一愣一愣的，好险呀，差一点可能性命不保。不过浪子回头金不换，这个不再胡子拉碴，但额头上仍然有一条明显长疤的人，是个大孝子，迫不得已才走上了这条路，迷途知返回头是岸，相信他一定能痛改前非重新做人的。大虎想到这里，把人扶起，说："艺不压身，人得有一门手艺，才能够谋生。这样，我与亲戚在公社的街上开了一家理发店，你可以去帮工并学点手艺，以后也能赚点钱照顾你的老娘。"这个不再胡子拉碴，但额头上仍然有一条明显长疤的人再三给大虎磕头，连说："感谢贵人，感谢贵人。"

小赟的理发店开得红红火火，一次，奶奶带我去小赟店里，我看到了那个不再胡子拉碴，但额头上仍然有一条明显长疤的人，我一眼就认出了他，吓得连忙退出了屋。那个不再胡子拉碴，但额头上仍然有一条明显长疤的人也认出了我，赶紧出来认错道歉。奶奶骂小赟："你们怎么把抢我孙子的人给弄到店里了？"小赟这才把前因后果给说了一遍，奶奶说，大虎真是个好人哪。

小赟妈赶过来说："大姐，你也是个好人啦，小赟得亏你了。另外，也感谢城里的算命先生，人家说得真准呐！"

原来，小赟是个独生子，家里宠他，他便游手好闲，公社的街上没有新鲜感了，就喜欢往县城逛，县城的繁华让他流连忘返。小赟去县城有时是为了理发。小赟瞧不起公社的剃头匠，他的头都是在县城理的，小赟有自己的考虑：自己下面的腿脚不行，上面的头发一定要行，上面行可以弥补下面不行的问题。

要上面行还是得上县城。县城理发店理发工具多。小赟很喜欢这些理发工具，理发师有空也教他如何摆弄。

理完发，小赟就往热闹的地方去。县城江湖打把式卖艺、卖狗皮膏药的地方人多热闹，他特别有兴趣，觉得这些人是能人异士，很是佩服。这天，一位仙风道骨长须飘飘的老者，表演了一套武功绝活，然后上来两个壮汉与老者比试。老者力敌两个壮汉，两个壮汉倒地不起，老者毫发无损。该比武切磋，获得了满堂彩。小赟看多了打把式卖艺的表演，知道这是套路。果然，表演完毕，老者便介绍他独家炼制的仙丹"大力神丸"，说自己因为吃了仙丹"大力神丸"，才包治百病，拥有神力。倒地的两个壮汉立即跪拜求丸。老者不给，说"大力神丸"不易炼制，当赠送最急需的人，你们二人都是正常人，不知道有缺陷人的痛苦，我要解救他们的痛苦。

小赟的眼前一亮，仿佛看到了希望。但他又怕被套路，就一直冷静观察，唯恐幸福来得不真实。小赟一连三天都去观看老者的表演，眼见老者的"大力神丸"服用者，各种疑难杂症都现场得到了治疗，疗效很好。盲人开眼，哑巴开口，瘸子（肢体残疾人）能走，死者能活……

小赟确信了此神丸的可靠性，于是邀请表弟小俊俊，一同获取"大力神丸"。小赟深知表弟的难言之隐，想有难同当，有福同享。

小俊俊虽然生在农村，但是长得非常英俊，可惜的是说话稍微有些口吃。我与小俊俊的初次见面是在公社举办的农民体育比赛上。

那一次，不知市里哪个部门举办了一个农民的体育比赛，赛场放在东方公社。芝芝老师派我代表学校参加乒乓球项目。其实，我在小学打乒乓球并不多，只有一次被芝芝老师看见了，她也来看球，见我打败了一个最不厉害的人，误以为我很厉害。当然，芝芝老师并不先入为主，她还上场与我对打测试。芝芝老师显然是乒乓球的外行粉丝，她的动作有些张牙舞爪的，两个胳膊的大张大合特别夸张，这些动作放在别人身上可能难看，但放在芝芝老师身上却是那么的纯真可爱，像是舞蹈家在跳舞，又像是花蝴蝶在飞舞，简直漂亮极了。女孩子都在看芝芝老师，男孩子有的在看芝芝老师，有的在看球。

我知道不能打败芝芝老师，不然围观的同学会打我。我便放高球给芝芝老师，想让老师表演潇洒的扣杀。芝芝老师一见高球，果然非常兴奋，只见她立即踮起脚跟，使身体直立，右手高高地扬起球拍，采用苍蝇拍打蚊子的独家秘方，一个重扣，只听见"啪"的一声，芝芝老师的球拍砸在了水泥球桌上，激起了一股白烟。原来芝芝老师漏球了。同学们笑得前仰后合。芝芝老师也非常开心，气喘吁吁但笑得一脸的天真烂漫："你的，大大的厉害!"可能是芝芝老师对我这次"交战"的评价颇高，便推荐我参加比赛。学校不知道具体情况也同意了。其实，我自己知道，我根本代表不了学校，甚至连班级都代表不了。但我也不知道谁最厉害，因为从来没有打过比赛。

要参加比赛了，我用旧抹布把光板球拍擦洗了一遍，至少上面不能留有饭粒、菜汤叶等杂物，因为奶奶经常用球拍作垫子，将饭菜烫物置于其上。球拍是木匠表亲用木板锯的一个圆形板，板虽厚但圆不规则，反映了木匠表亲当时木匠技术的极不成熟。

　　公社级别的农民比赛，一切从简。运动员都住在公社的一个大仓库里，并排打地铺睡觉，还要自带吃饭的家伙与薄被。吃饭的家伙就是碗筷，不像现在，吃饭的家伙指笔记本电脑。但也有另类，据说一次公司老板通知开会，要求带上吃饭的家伙，一位员工兴冲冲带着饭碗进了办公室，却看见同事都带的笔记本电脑。

　　在公社的仓库里，我遇见了小俊俊。身高腿长的小俊俊是代表村里篮球队的队员（现在叫村超队员）。小俊俊带着我去打饭，米饭和菜都是家常的，但第一次吃免费的饭菜，我非常兴奋。小俊俊说："注意，这里食品，有限，你第一次，要少打一些，吃得快，然后才有，第二次。"小俊俊说得慢慢吞吞，我没有发现他明显的结巴。果然，我们第一次打得少，很快就去打第二次，第二次打得满满的，吃了个饱。而第一次打得多的人，等吃完再打，饭菜没有了。困难时期的人吃饭特别快，这可能是困难时期的一个自然规律，对生龙活虎的运动员而言，吃饭自然就更快了。我在公社吃了几天的饱饭，非常感谢芝芝老师。小俊俊对芝芝老师也非常感兴趣，不断问我芝芝老师的情况，看在小俊俊提供吃饭经验的分上，我给他提供了许多芝芝老师的情报，但告诉小俊俊不要去打芝芝老师的主意，因为芝芝老师属于我们全班同学。小俊俊笑笑说："小屁孩，乱，说什么？"小俊俊虽然嘴上这么说，心底里肯定荡起了一阵幸福的涟漪。我仇恨地看了他一眼。后来我有些后悔，如果当时我知道以后小俊俊故事的发展，我宁愿小俊俊心想事成。

　　可能是有了芝芝老师的力量，小俊俊在篮球队里面表现神勇，不怎么训练的村篮球队竟然小组出线了。而我却在小组中折戟沉沙。我作为唯一的一个木板无胶皮选手，击球的噪声让裁判难以忍受，听得心脏病都快犯了，于是他便很快判我作负。我的最后一轮，心脏病快要犯了的那个裁判说他坚持不了了，又换了一个裁判这才开始比赛。

我的比赛对手是一个名唤"大头"的市里选手，特别引人注目。但见他：头似圆月，面如粉花；浓眉大眼，小嘴钢牙；圆领短衫，白色裤袜；虎虎生威，人见都夸；左手横提双胶拍，好似弯弓射日月。

我兀自看了一眼自己叮当响的光板，气泄一半。对手这哪里是农民小选手，分明是年画里的俊娃娃。

后来才知道，这"大头"是特邀的市里的小选手，只参加比赛，不计成绩，主要是实战演练。与"大头"阵前厮杀过招，我显得忧心忡忡，无心恋战，只斗得八九回合，便败下阵来。最后一个球，状如表演，"大头"竟然施展了"拖刀计。"

拖刀计是交战一方假装被打败而拖刀败走，背对敌方，目的是引敌来追，待其追到身后时，趁其不备，突然回身，斩敌于马下。拖刀计的关键点一是假装败走，背对敌方，敌方去追，如果不追，拖刀计失败。二是要科学预判敌方追到身后的距离，否则要么回身过早，被敌人识破，要么回身过晚，被敌人斩杀。

乒乓球拖刀计实际上是球员的远台进攻策略，球员退到远台，可以利用空间范围大的优势，腰身先严重扭曲 180 度，状如背对敌方，然后小臂正面迎前，大力拉出更加旋转的弧圈球。

这种拖刀计火候的掌握也非常重要，拉球过早过晚，威力都会大减。这种技术一般成年人会用，少年儿童的比赛很少见到。

但"大头"可不是等闲之辈，只见他面对进攻，向后便撤，背对于我，我则穷追猛打，一个长扣，直追"大头"，"大头"待球来近，猛一回身，与此同时小臂发足蛮力，一个侧拉，将球切得非常脆薄，球快似流星赶月，一个完美的弧线后落在了我的台前，然后飞快弹走，迸发了一个"S"的曲线路径。根本无法救球，我只好眼睁睁地看着球飞出去老远老远。

围观的人群很多，立即爆发出了热烈的掌声。一旁的小俊俊不服，提拍来战"大头"，战不到三个回合，被"大头"一拍扣死。"大头"虎目圆睁，怒视众人，意思是有不怕死的快速速来战。不料这些业余众将，乌合之众，唯唯诺诺皆不敢上前，遂溃退而散。

"大头"摸着我的光板球拍，见拍面并不光滑，细看似有凹凸不平。拍柄粗糙，柄上残留木渣，可刺虎口。"大头"遂仰天叹道："我赢在兵器也。"我对"大头"更加钦佩："瞧人家大头说出的话多有文化。"后来我才弄明白，乒乓球光板球拍要配上胶皮，才能够发挥威力。胶皮也有多种多样的，如长胶、防弧胶、正胶、生胶、反胶，通常是反胶为王，最为常见。"大头"使用的兵器就是反胶。反胶是正常的胶皮，其他多有些不正常，如长胶，性能与反胶完全相反，看似搓球应该下旋，实际上是上旋，看似挡球应该上旋，实际上是下旋。这些不同的特性，绝对影响运动员的判断。如果判断不了上旋下旋，焉有不输球的道理？如果我当时采用了长胶的胶皮，"大头"肯定不是对手。但农村少年，焉能有皮？所以"大头"赢在兵器也。我暗暗发誓，今后一定要像孙悟空寻找金箍棒一样寻找一件厉害的胶皮兵器，与"大头"再战三百回合。

比赛结束后，芝芝老师问我比赛结果，我支支吾吾，芝芝老师便不再问。

词曰：长防正反相一常，解球钢，勿讹防。搓挡削拉，异刃有吉方。旋转力量和速度，输悱怅，莫心伤。

健身民运防开张，础基昌，广愉昂。卧虎藏龙，犷勇赛国梁。主甲诡谲臾腕上。球艺长，共国强。

话说小赟是一个有爱心的人，有好事不独吞懂得分享。当他确信"大力神丸"神奇的可靠性后，想到的是帮助亲朋好友一起脱难致福。于是小赟邀请表弟小俊俊，一同去获取"大力神丸"。

二人带着不同的诉求，诚心诚意找到老者，急求老者赐丸。老者看了看小赟、小俊俊，说："免费赐丸活动只有三天，现在活动已经结束。施主如有需要可以购买。"小赟、小俊俊担心"大力神丸"卖完了，急掏钱求一丸。

老者又说："你们与我治好的瘸子（肢体残疾人）、哑巴病理不同，你们是先天有之，他们是后天所致。他们只需一粒，你们则需三粒。"

三粒就三粒吧，小赟与小俊俊商量片刻，接着掏空了他们荷包里的钱，换回了"大力神丸"。小俊俊性子急，欲立即吞之。老者制止之说："先天之疾，需回家服之。"

小赟、小俊俊没有了钱，只好各自带着三粒仙丹"大力神丸"徒步回家。小赟回家后的第一件事就是邀请家人一同观之，见证奇迹。一粒神丸塞入口中，小赟感觉通体舒畅，欲跑步而去，不料脚不听话，摔个跟头。众人笑曰："不会是假的吧？"

小赟怒目而视，说："三粒后必有奇效。"此后一日一粒，三日后三粒神丸遵嘱吃毕，然丝毫未有改观，小赟疑惑不解，急来寻卖神丸的老者，然卖场空空如也。再寻他地，也仍不得见。小赟百思不得其解：难道仙风道骨长须飘飘的老者打把式卖艺搞了这么大的阵势，就是为了骗我和小俊俊，这成本也太高了吧。① 小赟不明白，骗子也是舍得付出成本的，现在骗子拉群，里面除了一个人，其他都是骗子，成本也很高啊。

突然，小赟想到了小俊俊，急寻小俊俊问其治疗效果。如果小俊俊有疗效，小赟也就能够得到安慰了。

---

① 西小麦. 王明传［J］. 小小说选刊，2024（8）：120.

话说小俊俊带回了三粒仙丹"大力神丸",他想给家人一个惊喜,所以并没有邀请家人一同观之,见证奇迹。然三粒神丸塞入口中,小俊俊虽感觉通体舒畅,但,泥丸碾作尘,结巴仍如故。小俊俊羞恼万分,对着表哥小赟就是一通结结巴巴地臭骂。小俊俊正常说话,听起来好像是正常的,但激动起来的骂人,的确有些结结巴巴。小俊俊结结巴巴的臭骂,耗费的时间较长,小赟听得口干舌燥。

小赟在亲友面前丢了人,又被小俊俊一通结结巴巴地臭骂,自觉没脸见人,终日抑郁,遂不再出门,连理发也不去县城了,自己用剪刀给自己剪发。

小赟妈无奈,遂经人介绍,请来县城的算命先生上门,帮助破解小赟的前途命运问题。

其实当时公社也有算命先生,唤作盲人六。盲人六身形肥壮,脸颊无须,但可是个人物。他虽然眼睛看不见,但上知天文下知地理。他在街道最好的路段摆摊,卖八大香、耗子药什么的,但从不会弄混。别人给他的钞票,他用手摸摸,然后抻开放眼皮底下一照,立马知道真假,路人无不称奇。盲人六的摊子周围,常常围了许多人,听他白话,很有意思。

小赟妈却请的是县城的算命先生,不知道是为了保密的需要,还是县城的算命先生水平更高。县城的算命先生其实就是那个给爷爷奶奶老土屋看风水的风水先生,由于工作的需要,现在也兼职算命。算命先生长须飘飘,仪表不凡。但小赟看到长须飘飘,就十分反感,不愿意配合算命先生。

小赟妈一直十分虔诚,算命先生便不计较小赟的态度。算命先生一番掐算,忽然捻须吟道:"忽而少有灵,

顿然多无成。

哪里失素草,

何处得艳灯。"

小赟妈听得云里雾里，"不明觉厉"："还是人家城里的算命先生有文化，有水平。我一句都听不懂。"算命先生适可而止，觉得达到了故弄玄虚的目的，便赶紧打住说："说深了你也不懂。简单说就是婚姻改变命运，此子小赟的转运要靠姻缘。"

小赟妈忙问："姻缘在哪里寻找？"算命先生手指头一摇，连说天机不可泄露也。

小赟妈掏出几张纸钱，说泄点吧。

算命先生面露难色，但看了看纸钱又有些不舍，终于说道："离家十里，偏西方向。"

此后无论如何，算命先生都不再讲了。讲得越多，威信越少啊！

小赟妈才想到了奶奶。

没想到奶奶真的圆满完成了算命先生的任务。

"算命先生真准，我也要找他算命。"我哀求奶奶。

"小屁孩，哪有现在就这么猴急的！"奶奶一边笑，一边对着我的胳膊打了一下。

不管怎样，我对算命先生真的是佩服得五体投地了。

但是没有想到，隔壁太奶奶公社干儿子的一次算命，竟然闹出了人命关天的大事。

第十四章　机关算尽算命人引火上身
姻缘难续小俊俊命丧黄泉

词曰：气定神闲仙风骨，收人财，替人苦。引火上身，公心不可无。一顿猛打长教训，学知识，少报复。

从来无巧不成书，三分定，七分输。心态自然，走光明大路。虽然人生有低谷，喜平淡，思路出。

隔壁太奶奶有个结拜好姐妹住在公社，这个好姐妹只有一个儿子，认了隔壁太奶奶为干妈。

太奶奶的干儿子真实姓名大家都记不住了，他有时也来看望太奶奶，干儿子在医疗站工作，是个副站长。因为发展不错，所以他每次来都是高高兴兴的。太奶奶对干儿子说："你娘培养你不容易，要让你娘放心，凭良心办事，可不要犯错误。"

干儿子说："干娘放心，我一定要对得起你们两个娘。"

干儿子说到做到，兢兢业业工作，本来一帆风顺的。但新领导是在"文化大革命"中抢班夺权上来的，老领导被赶下了台。新领导让干儿子揭发老领导，干儿子记住了干妈凭良心办事的教诲，坚决不揭发老领导。新领导对干儿子这个"保皇派"很不满意，就拼命打压干儿子，干儿子对改变命运有了一种渴望的感觉。

没想到，隔壁太奶奶的干儿子从城里算命那里回来后，却更加抑郁起来了。

原来，有次在街上，干儿子被县城算命先生拦住了："先生相貌奇伟，小老儿愿免费为你算上一卦。"算命先生长须飘飘，仪表不凡。太奶奶的干儿子感觉到了一股仙气。

实践中，算命先生的生意来源靠两种方式：一是用户主动求助，二是主动出击。现在卦摊没有生意，他就主动出击了。先夸人一番，请君入瓮。然后再施展"一夸、二吓、三指路""三步走"的套路。算命先生所说的"先生相貌奇伟"就应用的"一夸"手法。再加上"免费为你算上一卦"，让人无不动心，想知道"相貌奇伟"的人到底有什么好运呢？

太奶奶的干儿子也是这种想法："我相貌奇伟，为何这阵子医疗站工作总不顺心呢？"

真是人困了，就有人送来枕头，太奶奶的干儿子于是就半推半就地坐在了卦摊前。

事实上，到了这一步，太奶奶的干儿子就与其他去算命的人一样犯了两个错误，一是自然而然地接受了"相貌奇伟"这一评价，而不能实事求是地看待自己。算命先生这话是对所有人说的，然真正符合"相貌奇伟"的人可是不多的啊。二是算命先生"免费为你算上一卦"的承诺，使算命人觉得自己不会吃什么亏，所以就欣然接受算命。但算命人不知道的是，"免费为你算上一卦"的承诺虽然不假，但算上一卦后需要破解这一卦，可不是免费的了，前面免掉的费用事实上就包含在这里面了。

闲话少叙，算命先生一见来人上钩，立即开始了专业性的套路："你想算什么？"算命先生问。

"算工作，算前程。"太奶奶的干儿子说。

算命先生要了干儿子的生辰八字，一番鼓捣，终于开了口："你命中有金命三奇，三奇主提级、升官、发财、好运。"

太奶奶的干儿子看算命先生说的有理有据，心情一下子好了起来：命中有时终须有，看来工作不顺是暂时的。他谢了算命先生，抽身要走。

"且慢，"算命先生拦住了他，"刚才我说的是好的方面，还有一些不好的方面你是否想要知道？"

太奶奶的干儿子心里一紧，说道："什么不好的方面？"

"有大运必有大坎。你命中有三奇，则三奇汇兑极致而反，你命中必有一坎，如不能过，则有血光之灾，命悬一线啦。"算命先生十分惋惜地说。

"啊?!"太奶奶的干儿子大惊失色，难怪自己这阵子医疗站工作总不顺心，于是急问破解之法。

算命先生掐指一算，慢悠悠地说道："你有二儿，一儿已经婚配，一儿尚未婚配，他可救你一劫。"

"为何？"太奶奶的干儿子问。

"你的二儿与你相克，须将其移送便可破解。"

"如何移送？"太奶奶的干儿子问。

"入赘女家，即为移送。"算命先生回答完毕，不再解释，收摊回家了。

太奶奶的干儿子充分理解算命先生指引的路径。因为婚姻可以改变命运，改变运势。算命先生要太奶奶的干儿子尚未婚配的儿子，入赘女方家，以破解相克的问题，就是通过婚姻改变命运，改变运势的路径。

但是，听了算命先生的话，太奶奶的干儿子感到非常害怕，他根本不想二儿子入赘。他有两个儿子，大儿子建华，已经成家。二儿子建国，非常优秀，被县城小学招聘当了正式的教师，吃上了商品粮，而且年纪轻轻就提了干，前途无量。这么优秀的儿子怎么能入赘呢？

但算命先生的话有理有据，二儿子建国不入赘，自己就有血光之灾，太奶奶的干儿子越想越怕，他不想自己遭难。权衡良久，他终于发出指令，命令自己的二儿子建国准备入赘。此时，一切都还来得及，太奶奶的干儿子尚未婚配的儿子建国已经谈了个女朋友，准备结婚。

万万没有料到，太奶奶的干儿子的老二建国平常非常听话，但这次坚决不从。他批评父亲的做法是封建迷信，并扬言要离家出走。

太奶奶的干儿子非常焦虑，知道血光之灾不可避免了，但又不知道血光之灾何时降临，于是精神极度抑郁，整日提心吊胆。

一天，太奶奶的干儿子的老二建国，带回了一个漂亮的姑娘，说要和姑娘结婚。太奶奶的干儿子一见，这姑娘他认识，不就是原来即保小学的芝芝老师吗？太奶奶的干儿子来即保给太奶奶拜年，看过芝芝老师的戏，也非常喜欢芝芝老师。太奶奶的干儿子认为芝芝老师非常漂亮，儿子入赘芝芝老师家，也没有亏待儿子。

于是，太奶奶的干儿子坚持说："结婚可以，但你要入赘芝芝姑娘家，以后孩子也随姑娘姓。"

农村人封建思想严重，让儿子入赘是一件丢人的事情。太奶奶干儿子的老二建国坚决不同意，还要和父亲断绝关系。

未来的儿媳芝芝老师也说："伯父呀，算命是封建迷信，不可相信。我爸爸懂些风水，经常给人算命，他也常说自己的算命是连蒙带骗，请君入瓮。"

太奶奶的干儿子不知道请君入瓮的含义，但听懂了芝芝姑娘的其他意思：她父亲也是一个算命先生，算命都是连蒙带骗。

太奶奶的干儿子思忖良久，他想一个人的风水不能靠破坏其他人的利益来得到，如果自己与儿子争夺命运，很可能就是两败俱伤。父慈子才孝，为了儿子的幸福，他克自己就克自己吧，只要他过得好就行。太奶奶的干儿子看了看建国和芝芝姑娘这郎才女貌的一对，终于说道："好吧，不入赘就不入赘吧，两家家长见个面定个成亲的日子。"

没有想到，家长见面的时候，太奶奶的干儿子抓住芝芝姑娘的父亲就是一顿猛打，把在场的亲戚们都完全震蒙了。

真是无巧不成书，原来被太奶奶的干儿子一顿猛打的人就是那个给他算命的算命先生。

算命先生就是芝芝老师的父亲，太奶奶的干儿子一下子似乎明白了算命先生的用意，要算命先生给个说法。

算命先生没有办法，只好交代："亲家，对不住啦。我是故意算命蒙你的呀。"

原来，算命先生只有芝芝老师一个女儿，谈了对象是小学同校的教师，算命先生不愿意女儿离开自己，就有了招女婿的主意，让女儿去试探她对象。没想到女儿的对象坚决不同意，算命先生就想到了利用女儿对象的父亲来施加压力的方法。他明察暗访，走村串户，一方面了解女儿对象的情况，一方面借机接近女儿对象的父亲，这才有了算命施压一事。

太奶奶的干儿子虽然不满意算命先生的所作所为，但也终于为自己解开了心结。他从此以后，对算命一事再也不感兴趣了。

事实上奶奶说得对，婚姻的未来主要靠男人去努力奋斗，因为婚姻对男人改变命运的可能性小一些。话说虽然小赟转运成功，但其表弟可没有那么好运。小俊俊与建国在一起同过学，长大后小俊俊对芝芝老师情有独钟，为此没少与建国干架。无奈芝芝老师的天平倾向了建国，小俊俊灰心丧气，整天无精打采。

小俊俊不是城里人，城里的女人不会在农村找对象，农村男只有找农村女，但农村女像芝芝老师那样漂亮的人太少了，小俊俊高不成低不就，眼看就要成为大龄青年了，他妈就央求奶奶给他介绍对象，说漂亮的就行。

如前所述，小俊俊人长得帅，一直没有谈成对象，是因为他有个难以启齿的毛病——结巴，被"大力神丸"忽悠后，小俊俊不再奢望治好此病。其实这个毛病可不容易被媒婆掩饰。但小俊俊的结巴很多是心理上的因素，如果慢慢说话，一般人完全听不出来结巴或者有些结巴，如电视剧《乡村爱情》里的"刘能"，不仅不觉得他说话结巴，而且觉得挺有味道的。事实上，小俊俊不能找漂亮姑娘，一见漂亮姑娘他就激动，激动就有些语无伦次，变成了结结巴巴。但小俊俊就喜欢漂亮姑娘，这不奶奶好不容易帮他物色了一位姑娘，姑娘有身段，有长相，长得像丫鬟小秋香，比芝芝老师还漂亮。小俊俊看了照片，非常满意，但担心会像以前一样，因为自己的结巴受到影响。

奶奶说，姑娘看了你的照片，也非常满意，同意见面。

小俊俊不无担心地说："我结巴，行吗？"

奶奶有些奇怪地看了看小俊俊说："你哪里结巴了，这不挺好的嘛。"

小俊俊说："这不面对的是您吗？"

啊，奶奶明白了，面对中老年妇女你就不结巴呀，真是的，不该管你的闲事。

但奶奶作为一个编外媒婆，有自己的职业道德，于是说："如果有结巴，这可不能骗人家姑娘，但你可以少说字，只说单字，两个字，慢慢说。让姑娘不要一下子产生抵触，时间长了，有感情了，你这缺点也可能被忽略，甚至可能被治好。"

小俊俊问："姑娘知道我结巴吗？"

奶奶说："我都不知道你结巴，姑娘打哪知道？"

小俊俊有了些自信。

"奶奶说人家也没问，我也没说。姑娘家比较穷，你们家相对宽裕，这是个有利条件。姑娘家等彩礼给哥哥娶媳妇。"

小俊俊完全有了自信，准备以颜值和彩礼打动姑娘。

小俊俊与姑娘终于在奶奶的院子里见了面，两个丽人就像画中人，真是天生的一对，地造的一双。

小俊俊一直不敢开口，姑娘害羞也不说话。

这样也不是个办法，奶奶对小俊俊使了个鼓励的眼色，就进屋去了。

小俊俊跟奶奶说话非常正常，跟漂亮姑娘说话，就容易激动了。

小俊俊暗暗告诫自己，一定要镇定，要慢、慢、慢。

小俊俊一开始慢慢吞吞一字一顿地说话，多是一个字两个字的，加上姑娘确实被小俊俊的颜值吸引了，没有特别在意小俊俊讲些什么，更没有注意小俊俊不同寻常的讲话速度，所以丝毫没有感觉到小俊俊的结巴，似乎还含情脉脉地盯着小俊俊。

小俊俊如果这个时候结束双方的会谈，应该是恰到好处的。但小俊俊可能觉得会谈的成果还不多，所以决定继续，特别是要把自己的优势展现出来。

但接下来的会谈难度增加了。小俊俊毕竟文化程度不高，所掌握的能够表达意思的单字、词组有限，说着说着就没有词了。姑娘还在看着小俊俊，小俊俊拼命想词。一边想词，一边说话就会考虑不周，露出破绽。

客观而言，小俊俊家里劳动力多又勤劳，在荒山上开了荒地，粮食够吃是不成问题的，还能换回彩礼礼金。小俊俊想："我还有什么优点呢？困难时期，什么最重要呀，肯定是粮食。粮食是我们家的一个优点啊，我的嘴巴不利索，我们家粮食是利索的，对吧？对，就说粮食。让女方知道到了咱们家，粮食是够吃的，还可以换礼金，这肯定可以增加筹码。"想到这儿，小俊俊有些激动了，但他控制住激动的心，告诉自己关键时刻，一定要把意思表达完整。只见他一手指着小秋香，一手按住"怦怦"直跳的激动的心，慢慢吞吞一字一顿但异常洪亮地说："粮……"

小俊俊其实是一个不喜欢炫耀的人，现在让他炫耀自己家里的粮食，虽然是迫不得已，但这也使得他格外慌张，像是在撒谎一样，所以他说话的神态就不一样了。

小俊俊说："粮……"他的意思是想说，我家粮食多，嫁给我后包你有饭吃，有礼金。但说了"粮"字以后，后面的搭配的字一直说不出来，他一手指着姑娘，一边吐着舌头干着急。小俊俊在想，是说粮……食……多……粮食多，还是粮……食……不饿肚子？粮食多或不饿肚子可不是小俊俊现在的嘴巴能够表达出来的，小俊俊说不出来就更加惊慌失措了。其实，小俊俊大可不必搞那么复杂，就说粮多……或者有饭饭，不就可以了嘛，这话语小俊俊完全可以掌控。但小俊俊偏偏想到了粮食多或不饿肚子，以至于不能及时表达出来，手一直指着小秋香，"粮"个不停，神态大变。

姑娘听到了小俊俊一直叫"粮……"，看到小俊俊手慌里慌张地一直指着自己没有了下文。姑娘终于明白了，小俊俊是个结巴呀，一紧张就露馅了吧。开始我只是关注外表，没有注意内在，险些上当。小秋香想到这儿，不再欣赏小俊俊的外貌，立即拂袖而去。

由于当时没有第三人在场，奶奶也不知道究竟发生了什么，等他从屋里出来，院子里已经空无一人了。

小俊俊遭此事件，有口难辩，羞愤交加地往家里去。小俊俊之前在"大力神丸"治疗中受骗，已经非常抑郁。他后来多次到县城，期望碰见真正的神医老者，但都无功而返。一次，一名神神秘秘的男子拉着小俊俊来到墙角偏僻处，塞到小俊俊怀里一包鼓鼓囊囊的东西。小俊俊问是什么。神秘男子悄声说道："黄色画刊，特别带劲。"缺乏女性关爱的小俊俊顿时双眼发亮，这可是不容易搞到的东西，他顾不得翻看一眼就慌忙付了钱，将东西塞进外套的口袋中，快速地消失了。

也许就是这件事彻底改变了小俊俊的命运。小俊俊回到家里，他的父母亲要他赶去相亲，就是与那位长得像丫鬟小秋香的姑娘相亲。小俊俊激动不已，急忙脱掉外套，换上了过年穿的新衣服。

众所周知，相亲完毕，小俊俊垂头丧气地回到家里，一眼看见晒衣绳子上晾着自己相亲前脱下的外套。小俊俊一下子想起了装在外套口袋中的东西，不由得大惊失色，急急忙忙去翻晒衣绳上外套的口袋，空空如也。"完蛋了，露馅了。"小俊俊羞愧万分，脚步沉重地又退出了屋门。

小俊俊投井了。都说红颜薄命，哪知男人俊俏也薄命呀。

小俊俊留给家里最后的物品，就是那包鼓鼓囊囊的东西。在小俊俊投井后，父母打开了那个包得严严实实的东西：原来是一本农民画册。

小俊俊的父母一阵撼天动地的大哭。

有词曰：潮起忽又潮落处，人们嬉笑慕。人海如此潮，想得新高，高处成潮雾。

但突然有一天，不知道为什么，父母一回到爷爷奶奶家，就变得非常焦虑不安起来，不一会儿，父母和爷爷奶奶吵了起来。我心想：不好，要发生大事了！

第十五章　热热闹闹四合院
形形色色小伙伴

词曰：枣阳南漳鱼梁昌，卧龙岗，水镜庄。战国长城，春秋寨保康。多宝佛塔绿影壁，大薤山，鼓楼商。

荆州古城麻辣烫，米公狂，牛面光，宜城大虾，昭明盘鳝香。黄酒炒鸡夹沙肉，油毛筋，襄阳王。

话说父母一回到爷爷奶奶家，就变得非常焦虑不安，父母和爷爷奶奶还吵了起来。

根源在于×市出台了一项新的政策。

市里新的政策规定：父母在市里的孩子，如果在农村上了小学三年级以上的，就不能再随父母转到城市上学了。这个政策在暑假出台，好像是专门为我制定的，因为过了暑假，我就要在即保小学上三年级了。我在小学可是名人了，一直担任班长兼年级长，大会小会都是我代表同学发言，而且课间操也是我领操，农村给我提供了发展的广阔舞台，我如鱼得水，自由自在，舍不得离开。爷爷奶奶也不同意我离开，于是就吵成了一锅粥。

父母的代表属于正方说："我们都商量好了，立刻马上现在就转学。"

爷爷奶奶的代表属于反方说："我们没有商量好，不能立刻马上现在就转学。"

正方反方都没有陈述理由，只是坚持观点，属于非正规式的辩论。

父母的代表属于正方说："错过这个村就没有这个店了。"

爷爷奶奶的代表属于反方说："咱们这儿就是这个店。"

双方一番言辞激烈的争吵，没有新观点也没有新理由，反反复复，复复反反。爷爷奶奶的代表属于反方问我："孙娃子你跟谁?"我立即站到了爷爷奶奶的一条线上。爷爷奶奶的代表属于反方高兴地说："三比二反方胜出。"

遗憾的是，家庭不是一个民主的代名词，后来的结果可想而知，父母不愿意我一辈子待在农村，没有经过本人同意，直接把我的关系转走了，我开始了城市人的生活。

说到×市，首先我想到的就是牛肉面，它与任何地方的牛肉面都不同，简直令人魂牵梦绕。×市人的早餐必须是牛肉面，黄酒一般是标配，但现在选择多了，米酒、豆浆等也都可以搭配。×市牛肉面的灵魂是其秘制的汤料，事实上汤料的配制并不统一，不知道谁最正宗。×市古街有两家牛肉面馆最火，一个是"窦家牛肉面"，另一个是"王胖子"牛肉面，他们门对门进行竞争，如同肯德基与麦当劳，越面对面竞争，越是客人越来越多。×市牛肉面的牛肉好，大块无筋，入口即化，空留熏香，面的底部是绿豆芽，嫩得可以生吃，绿豆芽是牛肉面的味蕾。除牛肉外，可以搭配的还有牛杂、海带、豆腐等，均十分可口。

×市可以散步休闲的地方多，步行道远离汽车，没有了噪声与尾气，能锻炼而没有副作用。如×市公园护城河边的步行道，杨柳依依，景色宜人，网红打卡点众多。步行道边是与河道走向一致的古城墙，城墙很宽，城墙上面也可以闲庭信步。城墙外才是跑汽车的公路，噪声和尾气与行人被完美地隔离了，特别人性化。也许这就是家乡人对×市不舍的情结吧。

以上是现在的我对×市的特别情感。但我从农村第一次来×市上学的时候，对×市并没有特别的认识，我的双眼看到的都是新奇与陌生。

我家在市里是被分配住在鹿角门一个临街的老式四合院里，这个房子可能是被没收的当地原大资本家的财产，分配给居民使用。

四合院本是北京或者华北地区一带的典型建筑形式，庞大的家庭住在一起，过着既独立又联通的方便的生活。在其他地区，四合院的建筑形式并不多见。关于四合院，文人墨客也有不少诗作进行赞美。如戚秦《四合院》："清风杨柳芊，院庭四合间。房脊琉璃苫，天井座中间。民风格律远，还古续今观。屋里清香漫，茶盏对八仙。"①

又如李宣章《四合院》：

> 一片片土瓦
>
> 为远古牵线
>
> 将淳朴凝聚
>
> 睦邻亲情融合
>
> 欢声笑语
>
> 在老屋檐缠绵
>
> 虽然低矮
>
> 难同现代比肩
>
> 但温暖而清新的
>
> 泥土气息
>
> 能将人心拉近

① 王建明. 记忆中老北京的点滴［M］. 哈尔滨：北方文艺出版社，2018：30.

　　远离孤独

　　美梦常留心间①

　　以上两首诗作，以古朴及现代的手法，将四合院的作用描述得淋漓尽致。所以，能够分配到四合院居住，是我意料之外的惊喜。该四合院共住有七、八户人家，十几个孩子，有一个公共卫生间和一个共用水龙头，公用带来交流，所以邻里交往很多。一进大门，走廊旁的厢房住着宋家，宋家父子喜欢下中国象棋，其门口一年四季摆放着竹床，我每天放学后，都看见他们父子在竹床上对弈。再往里走，两边厢房分别是赵家和孔家，这两家都有一个与我差不多同龄的漂亮的女儿，一个会拉小提琴、一个会吹口琴，她们的父母是什么情况我全然没有任何印象了。

　　赵家和孔家的女儿，看来家庭条件都比较好，他们从来都是穿着整洁的衣服、裙子。

　　赵家小姐身形瘦长，梳两个小短辫，会拉小提琴。她拉琴时头扬得老高，很有气场。赵家小姐的十根手指特别细长，手臂又白又嫩，像极了池塘里的细藕，又白又嫩的细藕缓缓流动，奏出了好听的曲子。看着赵家小姐，我就想到了电影里漂亮的女特务，这么漂亮的人，以后说不定是搞情报工作的。

　　孔家小姐面色白净，梳齐肩短发，活脱脱一个民国时期女学生的模样。她会吹口琴。两个小艺术家每天咿咿呀呀，吹吹拉拉，把四合院弄成了艺术院。

　　四合院的公用水龙头就在赵家的门旁，所以赵家是整个四合院的中心。奇怪的是，该四合院还有二层，这个二层实际上是在赵家、孔家的房子上面

---

① 徐鹏．桃源心境：中国传统院落文化［M］．重庆：重庆出版社，2022：64-65.

连的一个廊房，这个廊房也给下面提供了遮雨的地方，大家常常在廊房下乘凉或者聊天。我家、蒋家住二层的廊房，都是一样的结构：一个房间加一个共用过道改制的厨房。房间中间隔断，分别住大人、小孩。

我们也称这个四合院为大院或者大杂院。小孩子们更喜欢后院，就是公共厕所所在地。后院有一亩多地，非常空旷，适合孩子们游戏、打斗。公共厕所对面可能是加建的几个房屋，住着薛家、贾家、王家等几户人家。意想不到的是，小小四合院竟然住着蒋、宋、孔、薛、贾、王等"诸大家族"。加建的房屋里住着一个名字叫作小红红的女孩子。小红红的苹果小脸也是红红的，梳齐耳的短发。小红红从来不穿裙子，她冬天穿一件大红的毛衣，夏天穿红色的短袖，在当时的一片蓝色的海洋中引人注目。小红红非常勤劳，多数时间在帮家里干活。

四合院的孩子多在中心小学上学，从四合院到中心小学要走半小时的路。那个时候，小学生上学没有大人接送，都是自己去学校。从四合院到中心小学的这条路上充满诱惑，特别是有两个国营馆子，里面的鸡冠饺、油毛筋，香气四溢。小伙伴都会驻足闻一闻，舍不得离开。这是一条繁华的老街，孩子们走走停停，观观看看，迟到是经常免不了的事情。老师们也不在乎学生迟到或者根本不到，也从不向家长打小报告，或者询问一下孩子们的动向，因为上学不是为了学习，主要是孩子们没有长大，需要一个在大人上班时被看护的场所。

宋家有两个儿子，老大、老二都在上学。宋家老大比我们大，可能已经上中学了，他长得没有什么特点，除了看到他与老二或者与他的父亲对弈中国象棋之外，宋家老大基本上都在屋里看书，很少出来。

宋家老二与我同一年级，不在一个班，所以经常一起上学，不一起放学。在大院里，宋家老二算是我的一个同党。宋家老二其貌不扬，但见：眉眼似有若无，双耳滴溜悬珠，短发硬楂，唇阔牙突，鼻孔饱满，坐时浑身不自在，走时歪歪无有形。就像星球外来人，营养不良真老二。

那时候营养都是不良的，所以女孩子瘦瘦的，倒显得特别苗条，美丽动人。但老二的瘦、苗条与她们不同，老二是矮矮瘦瘦的、黑黑瘦瘦的、干干瘦瘦的，没有一点美感的瘦瘦的。这么说我的同党老二，确实有些不厚道。但老二一点也不在意，我也一点都不在意，经常与老二玩在一起，无形中突出了我的正面人物的优美形象。

我母亲在中心小学教语文，宋家老二在她那个班上。赵家小姐、孔家小姐、小红红与我同班，在所谓的文艺班，听名字就挺时髦的。文艺班的文艺委员应该更不是一般人物。文艺班的文艺委员是小壮哥，我一见小壮哥，不由得惊得目瞪口呆，这小壮哥不就是与我在东方公社比赛乒乓球的那个"大头"吗：头似圆月，面如粉花。浓眉大眼，小嘴钢牙。只是现在好像"大头"的头更大了。小壮哥问我："还打球吗？"我摇摇头："蜀中无大将，我是临时凑了数。你打得可太好了！"

小壮哥说："是父母给我找的乒乓球教练教的。不过现在我不练乒乓球了，我练画画。"

我由衷感叹道："你父母真厉害。"

小壮哥其实其他方面也挺厉害，他在班上关心集体，助人为乐，很有同学缘。俗话说，头大脖子粗，不是首长就是伙夫。小壮哥浓眉大眼的可不像个伙夫，而是头大脑门亮，能够进中央，大家对"大头"寄予了厚望。班里调皮的同学用顺口溜调侃小壮哥大头的另外作用：大头大头，下雨不愁，你有雨伞，我有大头。小壮哥一点也不生气，哈哈一笑，非常高兴。

小壮哥真是个绘画天才。班上教室后面黑板上的黑板报的绘画、美术字都是他在负责。一次我母亲对班主任说，我儿子也喜欢绘画。之后我取代了小壮哥，负责办理黑板报。这样有了办黑板报的理由，就不用和大家一起去打扫校园卫生了。后来，学区举办"批林批孔"主题绘画大赛，中心小学把小壮哥和我的作品送去参赛，小壮哥获得全市一等奖，我只是鼓励奖。此后我就把黑板报的主办权心甘情愿地还给了小壮哥。然后，母亲让我给他们班去办黑板报。宋家老二没有见过小壮哥的绘画水平，所以只是对我的绘画艺术非常崇拜。

穷人的孩子早当家。转到中心小学以后，孩子们不仅上学放学没有人接送，而且他们的脖子上都挂上了家门钥匙，因为他们放学早，放学回家后要买米买菜、淘米做饭。大院的孩子们在公用水龙头那里聚会是最多的，差不多同一时间，同一地点，大家会不约而同地拿着做饭的锅、盆来水龙头这里淘米洗菜。这些做饭工作准备完毕以后就进入赵家小姐、孔家小姐各自的乐器表演时段，小红红还在干着永远也干不完的家务活，我和宋家老二无聊地在后院靠墙发呆晒太阳。

我刚到大院的时候，孩子们都不喜欢我，不愿意跟我玩，说我是乡下野小子，说着乡下的土话。后来我才知道，市里的话更土，当然我不能跟他们争辩。不知道过了多久，我竟然不知不觉成了大院的孩子王，可能大院的孩子基本上都是些女孩子吧，不愿意抛头露面。

当我成了大院的孩子王之后，在我和宋家老二无聊地在后院靠墙发呆晒太阳的时候，身边无形中多了不少一同晒太阳的小伙伴。有时小红红也会来晒太阳，她自带小板凳，手里忙着活，打打毛线手套什么的。小红红对我们的态度比较友好，在大家叫我乡下野小子的时候，她从来没有叫过野小子。所以我并没有排斥她与我们一起晒太阳。

赵家小姐、孔家小姐演奏完毕，发现晒太阳的小伙伴听得不认真，连稀稀拉拉的掌声也没有，顿感失望。不一会儿，两人变换花样，从屋里拿出了风筝，来到后院放起了风筝，可能想以此吸引小伙伴羡慕的目光，赢点稀稀拉拉的掌声。但晒太阳的小伙伴懒洋洋的，动也不想动，有的懒得连眼皮也不抬一下，只有宋家老二站起了半个身，一看大家都没有动，立即又蹲下了。

赵家小姐、孔家小姐一个拉线，一个指挥，她们在后院大呼小叫，或小跑，或慢走，头都扬得高高的，小脸通红，兴奋异常。晒太阳的小伙伴微闭双眼，眯看着眼前的景象，小红红一边干活一边抽空抬头看看风筝。只有宋家老二非常投入，一会儿看看风筝，一会儿看看放风筝的人。

赵家小姐穿着小花裙，孔家小姐穿着黑色布裙，两个人像两只蝴蝶一样扑来扑去。宋家老二的眼睛花了，他用力揉揉眼睛。可是等他再睁开眼睛，突然发现，赵家小姐、孔家小姐停住不跑了，两人垂头丧气地站在后院中央的老柳树下，原来风筝挂在了老柳树上。

赵家小姐开始大呼小叫起来："风筝，快扯，挂树枝上了。"

孔家小姐使劲拉线，风筝一动不动。宋家老二赶忙来帮孔家小姐拉线，风筝仍然一动不动。

"别太使劲，风筝线会给你拉断的。"孔家小姐埋怨宋家老二。

赵家小姐往空中跳了跳脚，看能不能够着风筝。看来她数学不怎么好，在判断距离方面存在问题。赵家小姐跳得最高的时候，离风筝也还有十万八千里呢。

孔家小姐见赵家小姐跳高失败，拍拍自己小脑袋另想办法。突然，孔家小姐好像是想到了办法，只见她望了望风筝，指了指树，又望了望宋家老二，指了指宋家老二。那个意思不用翻译官翻译，鬼子小队长也会明白：你的，上树的干活。宋家老二马上明白了，孔家小姐让他爬树。宋家老二特别想表现表现，但他深知自己的弱项，唯恨自己的能力不够。宋家老二于是红着脸摆了摆手，乖乖回到了墙角继续晒太阳。

"没用的家伙，凑什么热闹？"孔家小姐一边在心里骂，一边眼睛像机关枪一样地扫向我们小伙伴，寻找有用的家伙。

赵家小姐与孔家小姐耳语："那个乡下小子会爬树，我看到过。"

孔家小姐："他看起来吊儿郎当的，能帮我们吗？"

赵家小姐说："一个班的同学呢。试试吧。"

孔家小姐仍然犹犹豫豫地说："要不你去试试？"

马上，赵家小姐像换了一副面孔似的，满面春风地飞到了我的面前。

"嗨，野小子。"赵家小姐突然满面笑容喊我，"帮帮我们！"

受到突然的惊吓，我不由得睁开了微闭的眼睛，一看是满面笑容的赵家小姐。无事献殷勤，就知道没好事，我的眼睛一下子又闭合了，留了一点小缝，看她怎么演戏。

"嗨，野小子，求你了，好吗？"赵家小姐撒娇似的不依不饶，并试图来拉扯我的胳膊。她经常叫野小子，我都习惯了，但她从来没有拉扯过我的胳膊，这举动让我开始不习惯起来。

我要是不习惯，后果就很严重。我突然睁大眼睛，大声冲赵家小姐嚷道："呸，女特务，谁是野小子？"我随后还挥了挥小拳头。赵家小姐私下叫野小子还罢了，现在当着小伙伴的面叫，叫我这个孩子王可咋当？

"女特务？"赵家小姐第一次听别人叫她女特务，不由得蒙了，"谁是女特务？"

我发现脱口而出说漏了嘴，因为我的心里一直叫她女特务，虽然美丽动人，但是诡计多端。于是我赶紧掩饰："叫本帅哥何事？"

赵家小姐仿佛忘记了风筝的事，追问："说清楚，谁是女特务？"

女人真麻烦，不知道分清主次。

孔家小姐来了，拉了拉赵家小姐："风筝还在树上，先弄下来再说吧。"看来还是孔家小姐理智一些。

赵家小姐这才收起兴师问罪的态度，说："把本小姐的风筝弄下来，就免你的错误。"

"呸，谁有错误？"我倔强地一挺脖子，本帅哥不干了。

宋家老二又凑了上来，赞成地说："对，别给她们干。"

孔家小姐斜着眼睛看了看宋家老二。

我知道宋家老二怕我在美女面前抢了他的风头，拉着我要半途而废。

孔家小姐立即放低身位："好啦，小哥哥，帅哥哥。"孔家小姐担心风筝，觉得不宜久拖，立即变脸，嬉皮笑脸地说，"帮帮我们呀！"

孔家小姐的态度转变及友好型的称谓，极大地满足了我的虚荣心。我对她说："这还差不多。"

"你呢？"我问赵家小姐。

"不帮拉倒。"赵家小姐冷若冰霜，一点也不领情，显然还在为"女特务"的事生气。

"那算了。"我又退回去靠墙晒太阳。

孔家小姐嬉皮笑脸地拉住我不放："帅哥哥，以后就叫你帅哥哥！"

宋家老二又要来干涉，孔家小姐手指他："别动，再动你给我上树！"宋家老二不敢动了。

"你呢？"我又问赵家小姐。

"别求他，他也没办法。"赵家小姐故意采用激将法，她故意不理我，而是对着孔家小姐冷若冰霜地说，仿佛一切都是我的错。

到底是嘴上无毛办事不牢，小孩子经不起别人的激将法，我一下子蹿出一股火气，被赵家小姐彻底激怒了："我没有办法？看我有没有办法？"我立即甩开孔家小姐拉扯衣袖的手，蹬掉布鞋，立即大动干戈地就要爬树。我要证明给赵家小姐看看，让她后悔自己的判断。

"不要爬。"小红红突然从小板凳上站起来，一脸的担心，"危险得很！"

孔家小姐立即不高兴了，推了小红红一把："要你管闲事？一边去！"

小红红嘟起了嘴，不敢再言，仍然朝我摆了摆手，摇了摇头。

"没事的。"我向小红红点点头，表示知道了她的好意，得向人家感谢感谢。但我已经蹬掉了脏兮兮的布鞋，如果不爬一下树就认怂，这大院孩子王可没法干了。

"不要爬。"宋家老二心怀鬼胎地叫喊。

孔家小姐要打宋家老二。

赵家小姐可能看出了我的骑虎难下，所以一点也不着急，横眉冷眼地观看着事态的发展。

我再次认真打量了一下这棵树，感觉应该没有什么问题，但小红红说危险得很，那就要认真对待，不然就是不尊重小红红的正确判断。

我十分慎重地抱起树干，晒太阳的小伙伴哗啦一下围了上来，像看耍猴把戏一样。

我踩在树的弯曲凹凸处，慢吞吞地缓缓前行。

"快点，快点。"孔家小姐像是踏着节奏，一边跳脚，一边不断地催促。

"慢些，小心些。"小红红也叫。小伙伴都嫌事不够大，胡乱喊叫："快、快、快。"

我暗暗好笑，风筝不是小红红的，当然她说慢些。孔家小姐仍然不断地催，但我还是故意放慢了些速度，表明我在听谁的指令。孔家小姐明白了我的意思，开始埋怨小红红，说："晒你的太阳去，别在这儿碍事。"

我感到好笑，女孩子真是麻烦，以后少惹她们。

　　话说这时已经快爬到树的上半部分了，我无法再慢，于是蹭蹭蹭完成最后几步，终于爬上了老柳树的目标位置，一伸手刚好够着了风筝，小伙伴一阵欢呼。

　　"太棒了！"孔家小姐面露的好像是崇拜之色，"快给我。"她向我伸出了双手。

　　"你呢？"我又问赵家小姐。

　　"马马虎虎，一般般。"赵家小姐不愿给过高评价。

　　"还叫不叫野小子？"我抓住我关心的核心问题。赵家小姐沉默不语，可脸上是一脸的不服气，可以断定她心里肯定是一百遍的"就叫"在狂奔。

　　孔家小姐立即欢快地叫道："不叫野小子了，叫野哥哥好吗？"

　　"滚，我要撕了。"我双手捏住了风筝准备用力。

　　"哥哥、哥哥。"孔家小姐叫着。

　　赵家小姐见我动怒要撕风筝，不再嘴硬了，便小声嘟囔：　"哥哥、哥哥。"

　　"听不见！"我喊。

　　"哥哥、哥哥。"孔家小姐、赵家小姐一齐高喊。

　　"叫谁哥哥？"我妹妹不合时宜地出现了，她怒气冲冲地对赵家小姐、孔家小姐吼道，"他是我哥哥，不是你们的哥哥！"说完，又对着我说，"你爬树，我告诉爸妈去，让你挨打！"我大吃一惊，身体一晃，就要从树上栽倒下去。

第十六章　买米者要钱有苦难言
售货员无辜大发威风

词曰：新华书店连环画，吸引力，不算啥。因为缺钱，总得想办法，创造机会去买米，闪念间，意萌芽。

一路狂奔是为啥？钱重要，不管鳎。大发雷霆，有气没处撒。从此发誓重自律，非该要，决不拿。

话说上回妹妹看见我爬树，并威胁要打小报告告诉父母。几乎害得我要栽下树去，重蹈爷爷的覆辙，但与爷爷不同的是，爷爷的树下有粪堆，我的树下没有粪堆。因此，爷爷可以掉下去，我可绝对不能掉下去。我格外提高了警惕，赶紧拼命地抓住了树干，这才勉勉强强地稳住了阵脚。

"死间谍。"我一边骂妹妹，一边赶紧丢下风筝，以便可以腾出手来更加紧紧地抱住树干。在身体基本稳定以后，我小心翼翼地溜下了树，鞋也没穿就一溜烟跑了，因为我害怕父母赶来树下打我。不识时务的赵家小姐捡起风筝，还追着我继续问："谁是女特务？"孔家小姐拉住了她。

事实证明，在这些小伙伴中，只有小红红最有良心，当其他小伙伴一哄而散，小红红没有散。她捡起我的脏兮兮的布鞋，并没有嫌弃，而是拿到水龙头下面洗刷一番，然后把我的鞋送到了家里。父母对她一通表扬。如果奶奶在，可能又要说："姑娘你太优秀了，我帮你说一个好婆家。"

父母很快知道了我爬树的事情，商量准备等我回家后混合双打。忽然，在厨房忙碌的母亲发现米缸没米了，这突然的变故让他们一下子措手不及，不得不改变原来的计划。

父母知道他们面临着一个重要选择：要么打我，要么让我买米。如果打了我，我就不会去买米，如果让我去买米，就不能打我。两人一阵嘀嘀咕咕地商量这个绕口令问题，终于商讨明白了哪个事更重要这一复杂哲学、心理学、教育学问题。

"这事就算了，你去买米。"他们异口同声地对我说。

我从中也摸索到了一条真理：以后犯错误之前，一定要先看看米缸里是否有米。

我也不知道从什么时候开始，买米就成了我的专利，以至于我成了买米的代名词。

那时候买米不仅要钱，还要粮票。米店我很熟悉，在我们小学的对面，米店的旁边是新华书店。新华书店隔三岔五会有一两本新的连环画到货，这对我特别有吸引力。米店旁边的地摊上也有人摆了一地的连环画，看一本一分钱。摊主是一些头脑灵活的人，他们先购置一些书，然后就地出租，赚取租金。这是不是经济领域的新型投机倒把，需不需要"割资本主义的尾巴"，反正没人管，也许这是文化事业吧。但一分钱看一本，成本很高。我特别希望能够在书店买到一本新的连环画，然后借给同学们看，可以充分地炫耀炫耀，但苦于没有钱。我到书店请求卖书的阿姨把新连环画拿给我先翻一下。阿姨说："有钱买吗？没钱不能看！"我只好又一次地悻悻而去。

却说父母改打为罚，父亲便给我钱和粮票，要我到米店去买米。我买了十斤米，交了钱后出了米店。一转身，我的脚就像被定住了一样再也走不动路了：我看到了新华书店。

背米回家，父亲顿时发现米店找的钱少了一角二分。问我，我说就找了这么多。"肯定是售货员找错了。"父亲气呼呼地说，"走，找他们去。"父亲拉着我直奔米店，我紧张而又害怕：看来我"贪污公款"的事情要露馅了……因为我用买米剩下的部分钱，买了一本连环画《三打白骨精》。

米店离四合院并不远，加上父亲急于弄清真相，一路狂走，不一会儿就到了。米店的高峰期已过，只剩下女售货员在扫地，看来准备打烊了。见有人进来，女售货员粗嗓门东北口音一声大吼："不卖了，下班了。"声音吓人一跳，顺着声音，我这才认真打量起女售货员来。

但见：白鞋白帽白衣裳，衣上一排黄纽扣，腰身粗壮似辘轳，四肢发达赛棒槌。脸上横生厚肉，嘴角露出白牙。不施粉黛面光泽，不待开言量自足。杀气腾腾售货女，威风凛凛大将军。

父亲一见米店女售货员，好似见了母夜叉，兀自胆怯了三分，赔着小心地问售货员："刚才是您卖的米吗？"父亲对售货员用了个"您"字，这是不常见的。

"是啊，一直是我呀，你想干啥？"女售货员粗声粗气地说，她不管别人用的是"您"字还是"你"字，她只是用"你"字。因为"你"字在气势上就占了上风。

"刚才小孩子来买米，您少找钱了。"父亲把我推到前台，继续用"您"字。

"少找钱了？"女售货员看也不看我，眼睛直逼父亲，像盯着一个撒谎的人。

"少找了一角二分。"父亲瞪大了眼睛，认真地看着女售货员说，但当他发现女售货员瞪的眼睛比他的大得多，他的眼睛一下子恢复了原状。

"扯犊子吧。"女售货员勃然大怒，"少找钱了，我还多找钱了吧！"

父亲脸色涨红，为了钱，便不再顾忌女售货员的铜铃一样的大眼，不顾实力悬殊地与女售货员大吵起来。吵架的过程中，父亲不再用"您"字了，我一扫之前的担心，有些暗暗高兴，因为一旦大吵起来，就永远没有事实真相了。

父亲的声音越来越大，看来这笔钱对他非常重要，他要据理力争。但是售货员也据理力争，坚决否认。由于没有监控，谁也拿不出有力的证据，两位都认为自己是对的，不肯让步，你来我往，越吵越精神，声振林木，响遏行云。我吓得在边上连大气也不敢出，不希望这里面有赢家。

有位哲人说过，一旦吵架，无论谁对谁错，最终都应该是男人先认输，那么这个世界才是和谐的，否则一定会鸡飞狗跳、两败俱伤。原因是女人是蛮不讲理的高级动物，她们吵的不是是非曲直的道理，她们生气的是男人竟然敢跟女人吵架。所以，男人不停，吵架永远不止。

但父亲显然没有认输的意思，这引起了女售货员更大的愤怒。看来，她要放大招了。此时，女售货员已经热血上涌，大汗淋漓，只见她狂怒暴躁地"哗啦"一下推开了窗户，似乎想把人丢出去。寒风突然一下子就灌了进来，父亲和我开始瑟瑟发抖，而女售货员又重新精神抖擞，像是吸收了新的能量。

于是，吵架的胜负立判。父亲不想一边瑟瑟发抖，一边继续吵架。我也不想一边观看，一边瑟瑟发抖。

父亲一边退走，还一边叫道："不讲理。"

女售货员见对手走了，"啪"的一声关上了窗户，她可不想一会儿也瑟瑟发抖。

父亲一见女售货员将窗户关上了，停住了脚步，有点准备回去再战的想法，不料，"啪"的一声女售货员连门也关上了。

父亲无可奈何地摇摇头，一言不发地阴沉着脸气呼呼地走了。

这件事对我影响非常大，我深深感觉到了不诚实对家庭的伤害，从此以后，我没有再用自己赚的钱以外的钱买一本书，并暗暗发誓，从今以后，不该拿的钱坚决不拿。这件事对我以后廉洁自律也是很有帮助的。

不料，被女售货员战败的父亲回到家里，只字不提自己被战败的事实，好像一个凯旋者。母亲以为要回了钱，高兴地问父亲："少找的钱要回来了？"

父亲不置可否，因为这个问题有我在场实在不好回答。父亲顾左右而言他："钱不重要。"

母亲说："钱不重要，你为啥子急吼吼去要？"

父亲说："先不讲钱的事情，我要讲一件比钱更重要的事情。"此言一出，父亲随后宣布了一项令大家非常吃惊的重要决定。真是：父子兵上阵追钱无功而返，临阵换大将彰显后继有人。

第十七章　宋家老二遭难
红衣女子救险

词曰：桑叶养蚕有需求，新发现，翻跟头。不顾途远，虽然路途撖。节外生枝黄瓜祸，受打击，无法溜。

无所事事汉江游，不经意，把人丢。不亦乐乎，短裤会被偷。哭天喊地叫救命，遇贵人，命未休。

话说父亲的重要决定是：剥夺我买米的特许权力，并将此项权力转授给目前还没有被发现犯有财务方面错误的妹妹。妹妹被委以重任，非常高兴，觉得得到了领导的充分信任。

我也当即表示坚决拥护领导的英明决定，从此远离金钱、远离是非。父亲在我卸任后代表家庭领导找我谈话说："不是对你不信任，是你妹妹比你会吵架。"啊，我这才明白，原来不是怀疑我经济问题啊，是因为女售货员太厉害，我没有帮上父亲的忙。还好，我差一点主动交代了问题。

自从妹妹分管买米工作以后，她的床铺上经常会有一些糖糖果果出现。父母有所警惕，经常敲打她不要放松自我，不要一任接着一任犯错误。后来，妹妹、弟弟都学习了财物管理专业，不知道有没有什么针对性。

　　自从卸下了买米重担退居二线后，我有了更多的时间出走大院游玩。宋家老二非常高兴，说："你早该犯错误了，这错误多好呀。走，兄弟给你压压惊庆祝庆祝。"宋家老二高兴得不知道说啥好了。后来事实证明，宋家老二人家说得没错，但说得没错的宋家老二，却做得有错。因为我要是一直买米，宋家老二或许可以避免接下来的这个灾难。

　　四合院的孩子们安静的时候是在养蚕的时候。也不知道是谁先弄到的蚕子，一下子在大院普及开了。养蚕的方法其实很简单，将蚕子放进火柴盒里，火柴盒面留些出气孔，火柴盒里放点桑叶，然后记住每天将蚕子从老桑叶片上划拉下来，放置在新鲜的桑叶片上即可。过段时间，白绒绒的蚕子就开始长大了，然后将之放入更大的盒里，放更多的桑叶。这个时候桑叶需求量最大，需要帮助蚕宝外出觅食。

　　宋家是养蚕的钉子户，宋家老二负责寻找桑叶。

　　"你也在养蚕，我带你去一个有桑叶的地方。"宋家老二神神秘秘地对我说。

　　"我养一点点玩呢，不需要太多的桑叶。"我知道宋家养的蚕多，想通过卖桑蚕丝赚钱。

　　宋家老二细致地做我的工作说："你也不买米了，出大院的机会不多，不出去还干啥？想听赵家小姐的音乐伴奏表演？"

　　宋家老二的这句话对我起了作用，一是说都不让你买米了，你还这么听话待在大院，是想悔过自新？二是说待在大院只有做赵家小姐的听众，你非常想做赵家小姐的听众？宋家老二这两个假设刺痛了我的心房，激起了我的反抗基因，我毫不犹豫地同意与宋家老二一起，去一个有桑叶的地方，管他这个地方在哪。

　　宋家老二非常高兴。我忽然发现一个问题，便问宋家老二："你为什么说我待在大院，是想听赵家小姐的音乐表演，为什么不提孔家小姐，她也有音乐表演呀。"

宋家老二的脸开始红了，顾左右而言他。

宋家老二带我去的地方是个市郊的农村，我们顺着公路徒步前行大约一小时，然后下了公路，顺小径走一两百米，就发现农户的菜园旁边有棵桑叶茂密的大桑树，非常粗壮。我们喜出望外，围着大桑树胡乱跳起了舞。大桑树枝繁叶茂，枝叶低垂，一伸手就能够着桑叶，我们忙碌起来，不一会儿，桑叶就装满了我们带去的塑料袋。"走吧。"我心满意足地对宋家老二说。我养的蚕不多，所以并不贪心，而且桑叶一次不能摘太多，因为桑叶不易保存。

"别急。"宋家老二看来还有别的目的，他把装桑叶的塑料袋递给了我，自己一翻身，跃进了菜园。村里的狗开始汪汪汪地叫。

"快走！"发现宋家老二还要偷菜，我赶紧催促宋家老二。

宋家老二手里立即多了四根黄瓜，他的眼睛还在四处寻觅。

"不好，有人出来了。"我急急忙忙地催促。

宋家老二飞快地爬出菜园，递给我两根黄瓜，我把他的桑叶袋给他。我们各自拿着自己的黄瓜及桑叶袋，一起飞跑起来。

我们的身后闪出来两个高高的黑衣人，他们看了看飞跑的我们，立即也飞跑起来。

我们知道不能被抓住，不然不仅黄瓜没了，而且桑叶也会没了。于是我们心照不宣地拼命奔跑，很快上了公路。

遗憾的是，黑衣人明显比我们跑得更快，我们的距离在不断缩小……

危险一步步地在逼近，在这万分危急的时刻，我突然想到了丢车保帅的计策，既然都是黄瓜惹的祸，那么黄瓜就不能要了。我气喘吁吁地对宋家老二说："放下黄瓜。"

宋家老二比我跑得快一点，他能够听见我说的话，但我从后面看见了他的摇头，这是个舍命不舍财的家伙。

我无可奈何地继续跟跑，可是从脚步声估计，黑衣人越来越近了。

我边跑边胆战心惊地回头看了看黑衣人，朝他们扬了扬手里的黄瓜，然后将黄瓜放在路边。我丝毫不敢停留，继续向前狂奔。丢车保帅计策成功了，一个黑衣人在我放黄瓜的地方停住了，但另一个黑衣人还在继续猛追。

没有了黄瓜的重量负担，我跑得轻快了一些，追上了宋家老二。不一会儿，黑衣人也追上了宋家老二。

黑衣人追上了宋家老二，宋家老二可就麻烦大了。

黑衣人气喘吁吁地叫停了宋家老二，立即问道："偷、偷的黄瓜呢？"

宋家老二来不及擦汗，老老实实从塑料袋里掏出黄瓜，递给黑衣人。黑衣人不紧不慢地将黄瓜放在地上。宋家老二以为没事了，用黑乎乎的脏手擦了擦额头的汗。

不料黑衣人没有放过他的意思，而是继续地问："为什么偷？"

宋家老二张开嘴吧刚要回答，又"嘎巴"一声合上了。因为黑衣人用胳膊肘往上抬撞击宋家老二的下颌，宋家老二的下牙齿与上牙齿碰撞在一起。

原来黑衣人问为什么偷的时候，并不需要答案，只是需要宋家老二张开嘴吧，然后给他上下开合的一击。

黑衣人这一击打明显带有试探的性质，并没有使太大的劲，但血还是一下子从宋家老二紧闭的嘴唇里流了出来。宋家老二痛苦地哇哇大叫。看来黑衣人是个练家子，专门打人要害。

我站在不远处，眼睁睁看着高大的黑衣人胖揍宋家老二，不敢去螳臂当车。

黑衣人显然气坏了，宋家老二不仅偷他的黄瓜，而且害得他累得半死跑了这么长的路，他大汗淋漓，一半是跑的，一半是打老二打的。黑衣人继续试探宋家老二的抗打击能力，他重复着同样的动作，逐渐加码。

我非常害怕，担心宋家老二被打坏了不好交代，我要冲过去替老二受罚。我刚要移动脚步，突然发现一个穿军装的人进入了我的视野。穿军装的人，一定是值得信赖的人，我一下子像是抓住了救命的稻草，拼命跑向穿军装的人："叔叔，前面有坏人殴打小孩，快救救他！"

穿军装的人马上义愤填膺，飞快跑向黑衣人，一边大叫："住手，不许打人！"

黑衣人见来了穿军装人，有些慌乱，便弯腰捡起地上的两根黄瓜，撇下宋家老二往回就跑。

穿军装的人见黑衣人跑远了，无法追赶，就对我们说："现在外面复杂，小孩子以后别乱跑了，特别要注意安全。"

我和宋家老二对穿军装的人千恩万谢，然后告别。

再看老二，被打得鼻青脸肿。我心想，完蛋了，回去后怎么向大人交代呀？

宋家老二的鼻青脸肿是无法掩盖的一个明显事实，他又不可能离家出走，于是只好回家接受父亲的严厉惩罚。这样一来，宋家老二不仅鼻青脸肿，而且屁股也肿了。我也受到父母的严厉惩罚，但我没有后悔，因为桑叶没有被收走，解决了蚕宝宝的粮食问题。不仅如此，我还有富余的，就挑了几片桑叶送给小红红，风筝事件之后，小红红把我的鞋洗净送到了家里，应该感谢一下。小红红见了桑叶，脸立刻笑成了一朵花，原来小红红笑起来也非常好看。我来不及细看，妹妹又不合时宜地出现了。"死间谍。"我心里骂了一句，赶紧放下桑叶，风一样地跑了。妹妹朝着我的后背又补充了一句说："你给别人桑叶，我告诉爸妈去，让你挨打！"

宋家老二的鼻青脸肿恢复正常以后，就好了伤疤忘了痛。宋家老二对我说："俺们的脸又恢复正常了，可以出去的干活。"我说："是你的脸恢复正常，俺的一直正常。"宋家老二说："不管咋样，我是没有出卖你。"我反正也受到了父母的严厉惩罚，但不知道是谁出卖的。但宋家老二是第一个否认的人。因此，为了肯定他上次偷黄瓜而没有出卖我的贡献，我让老二选择一项奖励方式，老二毫不犹豫地选择了去×城汉江襄水游水。

汉江是长江的第一大支流，特别宽广悠长，汉江在×城的这一段称为襄水。襄水河段河面平滑如镜，静流无声。"一江碧水穿城过，十里青山半入城。"许多诗家留下了歌颂襄水的华章，宋代张嵲有诗曰："负郭幽崖面武当，襄江前占水云长。四时景趣无穷尽，俱向公家静隐堂。"宋代秦观有"闻说襄江二十年，当时未必轻相慕"的诗句。孟浩然有"我家襄水曲，遥隔楚云端"的诗句。杜牧也有"溶溶漾漾白鸥飞，绿净春深好染衣"对襄水美景描写的句子。

夏天去襄水游水无疑是一种最佳的选择。

大院到襄水要走路半小时，这并不是一个远途的跋涉，所以平时我们到襄水游水的次数并不少。

×城三面环山，一面临水，这水，就是襄水。襄水是×城唯一的一条河流。襄水河面宽阔，一点也不输于长江。襄水穿城而过，把×城一分为二。城市依河而建，河流的两岸高楼大厦鳞次栉比。许多鸟儿在水面盘旋，河水清清，水草鲜嫩，鱼游水底，自由自在。

×城襄水大桥连接两岸，这是一座宽大的钢架桥，两边通行人、汽车，中间通火车。

白天，站在桥上，看江中各式船舶来来往往，一派繁忙的景象。远处群山皆绿，郁郁葱葱。

晚上，江水水面显得更加美丽，星星与五彩斑斓的霓虹灯交相辉映，吸引了许多人的眼光。岸边的古城墙上，站着许多观景的人，观景的人也成了被观的风景。

在×城襄水两岸的步行道上，也是灯火通明，熙熙攘攘，人来人往，非常热闹。放孔明灯的，灯罩冉冉升起，把天空装点得红红火火，像无数的星星在闪烁。

不过，襄水两岸滩涂虽然宽阔，但石头和芦苇很多，停泊的船舶也多，所以并不都适合游泳。

经过多次的试验与比较，我和宋家老二终于发现了一个游泳的最好地方，这里水面平坦，地势开阔，船舶也少。但不知道为什么，来这里游水的人却很稀少。

我和宋家老二相互往对方身上洒水，玩得正高兴，忽然一个戴墨镜、长发披肩的青年出现了。稀稀拉拉的几个游水的人立即上岸，慌不择路地跑了。我和宋家老二不知道发生了什么情况，还在相互往对方身上洒水。

长发披肩的墨镜青年见我和宋家老二没有走的意思，立即暴跳如雷赶过来大吼："哪来的？交钱！"

宋家老二停止了洒水，一脸困惑地问："交钱，交什么钱啊？"

"这里是我的地盘，交吧，一次一毛。"长发披肩的墨镜青年不耐烦地说。

难怪来这里玩水的人少，原来是地盘被人抢占了呀。

晴朗的天空中阳光突然一下子不见了，天色顿时阴暗了下来，不一会儿风吹了过来，河滩上的小树叶被吹了起来，四处乱飞。头顶上乌云密布，看来小雨点马上就要落下来了。

要下雨了，为了息事宁人，我赶紧推了推宋家老二，说："不游了，走吧。"

"走？交钱再走。"长发披肩的墨镜青年一把揪住了宋家老二。

我气愤地与长发披肩的墨镜青年争吵，长发披肩的墨镜青年仍然揪住宋家老二不放，我不得不加入进来，三人随后扭打在了一起。宋家老二的衣衫被扯烂了，露出了白花花的肚皮，我死死揪住了长发披肩的墨镜青年的头发，宋家老二趁机朝着墨镜青年的小腿肚子猛咬了一口。

"哎哟！"墨镜青年杀猪般地惨叫一声，顺势一抬腿，将宋家老二踢了个狗啃屎。

在长发披肩的墨镜青年抬腿猛踢宋家老二的时候，他踢人的动作是顺势在往前使劲，我揪头发的动作是逆势在往后使劲，两人一起发力这力量可太大了，结果是我将长发披肩的墨镜青年的一缕长发揪了下来。墨镜青年又杀猪般地号叫一声。只见他一只手捂住脑袋，另一只手捡起了河边的一颗大鹅卵石。

"快跑。"宋家老二飞快地从地上爬了起来，扯住我的袖子就跑。"好险。"鹅卵石块很快地砸在了我的脚侧，激起了小鹅卵石纷飞，纷飞的小鹅卵石碰到了我的小腿，一阵疼痛。但我们不敢停下脚步，继续拼命地狂奔，小鹅卵石扎破了我们的脚掌，河滩的石头上面留下了斑斑血迹。我们被长发披肩的墨镜青年赶得远远的，再也不敢涉足他的地盘，甚至很久以后我们连河边都不敢去了。即使偶尔去河边玩水，我们也只好找那些杂草丛生，乱石穿空的三不管地方去。那里虽然没有人收管理费，但是无人管理，非常混乱，也非常危险，漩涡也多，所以经常会出现一些意想不到的事情。

我与宋家老二玩水，都是光屁股下河的。反正一下到河里，谁也看不到光屁股。光屁股下河的主要目的，是要保持裤头的干燥，上岸后穿上干燥的裤头就不会被家里人发现是去玩水了。但没有想到，我们的裤头也有人要。有一次我们照例脱了裤头下水，将裤头放在河滩的鹅卵石上面紫外线杀毒。可是等上岸后，裤头不见了。我们急得跳脚，仍然找不到裤头。哪怕找到一条裤头，也是好的呀，有一个人走在前面遮挡，另一个人走在后面就不会那么局促不安了。看来短裤是被人偷走了，小偷不可能大发慈悲偷一留一。宋家老二绝望地感叹道："哎，还是墨镜青年的地盘好。这要是在墨镜青年的地盘，短裤肯定不会被人偷走。"

"那当然，不过得一次一毛。"我面向宋家老二，"你有吗？"

我们都不言语了。因为我们知道，即便现在有钱，我们也不敢去找墨镜青年，墨镜青年旧仇未报，谁敢自投罗网？

我和宋家老二像两只无头苍蝇，毫无目标地窜来窜去，脑袋还在不停地问我们：怎么办？怎么办？你们两个快做决定。

我们实在想不出办法，因为河滩上连一块破布也找不着，收破烂的全给收走了。这里没有遮羞布，只有鹅卵石。没办法，只好等天黑。一黑遮百丑！终于等到天黑了，我和宋家老二一人拿起一块大鹅卵石，装模作样地遮住关键部位，屁股是顾不上啦，只能顾前不顾后，不能瞻前顾后。一路上我和宋家老二羞愧地低垂着脑袋，像两只老鼠一样，专拣黑暗的地方走，一旦看到前方有人，我们远远地就蹲下来躲避，等他们过去了再继续前行。就这样行行躲躲，终于回到了大院。不知道大院里有没有人发现我们的糗事，但晚上宋家又一次出现了老二夹杂着尖叫的哭声。

宋家老二的糗事被他父亲发现了，一顿竹板炖肉。看来还是我会伪装一些，不过还要感谢宋家老二没有出卖我，或者宋家老二出卖了我，宋家老二的父亲没有上门告状，真是一位好父亲。

宋家老二是不长记性的，他的童年就是在下河玩水、竹板炖肉交叉循环中度过的。宋家老二也在成长，变得皮糙肉厚，人结实多了。不过我的心底一直存在一个对宋家老二的疑惑，但我又不好意思问他，那就是："你会玩水吗?"因为不知道宋家老二有没有发现这么一个事实，尽管我们常常说去襄水玩水，事实上我们是根本不会游水的，说是玩水，不如说是水玩我们。我们都是待在水浅的地方相互洒水，凉快凉快自己罢了。但人是不可能正确地认识自己的，有一次，不知道什么原因，老二终于不甘心与平淡为伍了，他不知不觉跟在一位红衣女子的后面，不管不顾地向江心游去。我惊讶地张大嘴刚要大喊提醒他，可是已经来不及了，只见他周围一团漩涡一滚，宋家老二立即就不见了。

第十八章　比武论座次
故事哄学生

词曰：比武论座较公平，人与人，行不行。约定俗成，心知亦肚明。万夫不当顶梁柱，众皆跟，鹤立群。

课堂故事哄学生，顺时代，不言忞。破坏分子，总也不甘心。校办工厂大爆炸，快揪出，求安稳。

话说襄水的水总体是比较平缓的，但一靠近船舶，人的危险就增加了。据说船底有巨大的吸力，人会被吸入船底造成伤害。另外船舶周围容易出现漩涡，产生巨大吸力。所以即便我后来学会了游泳，也不敢参加横渡襄水的集体活动，因为横渡过程中会不断碰见过往的船只，通过老二事件，使我对船舶有了无法克服的恐惧感。

宋家老二这次遇到的漩涡，其实与船舶的关系不大，老二从来不敢在船舶周围游水，所以不容易碰上船舶形成的漩涡。他这次碰见漩涡纯属偶然。漩涡有可见的，也有不可见的，也有临时形成的。老二运气不好，碰见临时形成的一个漩涡赠送他。如果是高手，非常喜欢碰见这样的挑战。但老二，只能是加速下沉了。

如果宋家老二会游泳的话，他可以进行自救，一是如果漩涡已经不能躲避时，可以将身体伸展到最大，以增加在水中的漂浮面积，延缓时间；二是注意与被吸入漩涡中的树叶杂物保持距离，以免造成伤害；三是保持镇定，保存体力。如果拼命挣扎，会很快耗尽体力并被吸入漩涡的底部。从上可以看出，会游泳的人，遇到漩涡，自救也是非常麻烦的，何况，宋家老二不会游泳。

还好宋家老二有我，这是非常需要的，否则，不要两分钟，宋家老二的尸体就会被漩涡从涡底给抛上岸边。

我的作用就是大喊大叫，因为我也不会游泳。即使我会游泳的话，也不一定会救人，即使我会救人的话，也不一定能从漩涡中救人。

好在红衣女子就在附近，听到我的呼唤，红衣女子闻声立即返回施救。由于太过紧张，我不记得红衣女子的施救过程，这肯定是一场高技术的比拼，否则红衣女子一样会被吸入涡底。我非常遗憾错过了现场学习的机会，以至于到现在也没有掌握这门技术。

我印象深刻的是，宋家老二被红衣女子拖回到了岸上，根本不需要人工呼吸或者挤按他的肚子，宋家老二像个水龙头一样哇哇自动吐着水。红衣女子在一旁紧张地观看，她可能会救人，但不知道现在怎么救人。但我知道，宋家老二的这种状态，基本上就算是化险为夷了。

但我不敢笑话宋家老二，因为我也曾有过被人推下水，而被夏花花救起的尴尬事。我当时也像老二一样被拖回了岸上，哇哇吐水，我都没有来得及在吐水的时候抽空说声感谢夏花花。现在宋家老二也是只顾得哇哇吐水，什么也不会说。我一定要代宋家老二表达。

我想握住红衣女子的手表示感谢，因为身高的差距显得非常不方便，于是我放弃这种礼貌的想法，想先把意思表达出来。

"太谢谢您啦!"我钦佩地望着红衣女子,诚恳地说。

"先别说谢字,你们怎么回事啊,都不会游泳还来游泳?"红衣女子不知道我在谢她,反而批评我们一通。

我不再对红衣女子说谢谢,你又没有救我,凭什么对我大喊大叫的。

红衣女子不高兴了,说:"你们是哪里的?我带你们去见家长。"

宋家老二听到了红衣女子说要带我们去见家长,吓得不吐水了。

我赶过去帮助老二使劲压肚子,老二又开始断断续续地吐水。

我说:"我们没事了,您忙吧。"

红衣女子见问不出个子丑寅卯,便说:"我就在旁边的小学教书,要回去备课了,你们有事可以找我。"

听说红衣女子是老师,我们更不敢说什么了。

红衣女子扭头走了。我长长地喘了一口粗气,宋家老二也跟着喘了一口粗气。

"臭东西学我。"我在老二肚子上加力猛按,老二哇哇大叫。

我说:"你没事了,别再装可怜骗按摩了。躺一会儿就走吧。"

宋家老二开始了哼哼唧唧。

我在岸上又躺了一会。老二是又躺了一会,又吐了一会,等他可以走了,我们慢慢往回走,并约定谁也不许告诉家里。

我家里肯定是不知道,但老二接连几天高烧加胡话,全部都招了。宋家大人告状了,我免不了挨了父亲的一顿胖揍。因为这件事,我感到深深的自责,感到了后果的可怕性,也更加意识到学会游泳的重要性,还有什么比掌握挽救生命的技能更重要呢?我偷偷拜了襄水江滩捕鱼的鲢鱼头水哥为师傅,学会了狗刨,但与宋家老二游泳的机会却少了。

因为不久,我们搬家了。

那个时候不断搬家，因为房产是公家的，公家会根据各种情况的变化，及时调整用房的分配。如父母变单位、升职等都可能会导致换一个面积大一点的或者位置不一样的公房。住房分配是以父亲的单位为主要考量，母亲和我如果上班、上小学不便，就可以调一个小学，也是十分方便的。所以当时根本没有买房的焦虑。

这次我们搬家后的住房所在的大楼名称是"七化建"。大楼共六层，每层有套房十几间，房间对面是无窗小厨房，可以放置一个烧蜂窝煤的小炉子供做饭用。大楼里没有厕所，白天大家都去最近的厕所——×市发展中学后门厕所如厕，发展中学后门厕所就像是"七化建"的配套厕所，不仅近，而且早晨晚上没有学生占用。厕所就在发展中学后门旁边，其实这个位置最适合建门卫传达室或者门卫保安室。晚上大楼的人各家各户都准备有夜壶，早晨将之带到发展中学后门厕所倾倒，然后再顺便来一大便。所以，发展中学后门厕所的早晨时段人满为患。

"七化建"与发展中学只隔一条马路，非常方便入学。但此时我还没有进入发展中学，只是换了一个近一些的小学"城市小学"上四年级。

上四年级以后，成熟了一些，也产生了一些新的变化。如不知道为什么，就像约定俗成一样，男女同学之间突然不讲话了，且一直持续到高中结束。当然一些坏孩子，私底下偷偷与心仪的女孩子交往，这些是我们老实人高中毕业后才慢慢知道的，老实人非常后悔。

进入城市小学的另一个变化是要参加班级体能排名文化的大比拼，俗称比武。

男女同学不讲话了，男同学的荷尔蒙都用在武力值的比拼上。在我转到四年级四班之前，班级每个男孩子的排名通过各种比试已经确定好了，班级老大是一个一米八的经常穿军装的男孩小军军，在年级恐怕也是排第一的，所以对我们班级也是一种荣誉，一种保护。经常穿军装的小军军，鹤立鸡群，但见：军装护体，显异常威武，仪态不凡，怯对方勇气。身躯独高，一双寒眼威敌胆，膀大腰圆，骨健筋强无人匹。似人间太岁魔主，有万夫不当之力。

一旦有新人转入班级，头名大哥会根据初步判断，选派一个段位差不多的男孩去比试，以确定新人的段位。经过几轮之后，第一名至最后一名名次就全部确定了，由于这种排名的选拔机制排除了找关系走后门等弊端，非常公平，且一段时间内会处于基本稳定状态，所以这样的好处是关系稳定，发生矛盾，是否需要进行战斗，要考虑对方的排名。如果排名差距较大，排名低的就会放弃争斗，以免自找没趣。所以，大面积打斗反而减少了，和谐了。

记得我的武力值在班级排名第七，我在小学时个头长得高，位班级前列。后来上初中就停止不长了，可能跟在长高的关键期吃不饱有很大关系。武力值排名第七的我非常满意，因为后面还有不少小伙伴可以"欺负欺负"。一次，我在大街上遇到排名第十的小兄弟，言语中他非常不服气，我直接给他干倒在地。突然，排名第三的兄弟出现了，要与我比试，我赶紧跑了。排名第三的兄弟哈哈大笑。

后来才知道，被我干倒在地排名第十的小兄弟，是学校主任的儿子。学校的主任黑黑粗粗的，大龅牙特别突出，说是卖废品的出身，怎么就当上了主任？大龅牙在一次放学后拦住了我，旁边站着他的儿子。大龅牙气势汹汹地说："你敢打我儿子？"

我一下子惊慌失措："我不知道他是你的儿子。"

大龅牙："不知道就该打吗？"

我说："不是，不是这个意思。"

大龅牙："不管你什么意思，今天你跑不了，让我儿子痛打你一顿吧。"

大龅牙的儿子立即上来想揪我的衣领，我本能地甩开了。

大龅牙恼羞成怒，一把抓住我的衣领，对他的儿子说："快，揍他。"

大龅牙的儿子犹豫不决，似乎不敢对武力值排名高于他的人下手。

"笨蛋。"大龅牙一边骂儿子，一边举起拳头要代子动手。

突然，一只手拉住了大龅牙举起拳头的胳膊。

我仔细一看，原来是小军军。

大龅牙撇下了我，拳头立即转向小军军。

"不要哇。"大龅牙的儿子吓得大叫，"不能打，他是老大。"

小军军的身高超过了大龅牙，大龅牙不敢贸然动手。

小军军吓唬他说："你敢动我？不要命了？"

大龅牙被小军军的气势唬住了。小军军说："班级武力值排名不能靠外力，只能靠自己。不然就乱套了。你儿子破坏规则，挑战高值同学，责任自负。"

大龅牙还不服气但被他儿子拖走了："老大不能惹，他一个人能打四五个流氓。"

我还没有对小军军说声谢谢，小军军已经无影无踪了。

不知什么原因，后来穿军装的学生逐渐多了起来，有段时间甚至出现了军服热，这些军服可能是部队的淘汰服装在地方销售的结果，或者是地方仿制的部队服装在地方销售的结果，但都非常逼真，包括军帽等应有尽有，只是没有徽章。

不久，机关工作人员也像部队一样，多数人的衣服变成了清一色的军服。父亲给他自己也弄了一套，还问我要不要，我说不要。父亲便天天穿着军服上班。一时间，穿军服夹人造革的公文包，成了机关人员的标配。大部

分同学都有军服了，我还没有，小军军着急了。"你不能拖班级的后腿。"小
军军说。然后小军军就来我家家访，要求父亲必须弄一套军服给我。不久父
亲就给我也弄了一套。我每天上学都穿军服，恨不得一个月也不脱下来洗
一次。

但军服的配置仍然有限，不能满足每个人都要有的需求，有些坏小子干
上了抢军帽的勾当，在上学的路上，不时有同学的军帽被抢走。一段时间
后，仍然有军帽戴的，肯定是厉害的学生了，大部分同学都是只有军装穿，
没有军帽戴。抢军帽这种事说大不大，就不了了之了，年余之后，军服热才
慢慢消退了。但当时，男人们不论老少仍然都非常喜欢戴帽子，帽子也有各
式各样的。

值得说明的是，虽然班级排名已经固定，但打斗还是经常出现。由于班
里同学知根知底，打斗情形少见，多数情况的打斗是在不同班级的学生之间
进行，出现干架的现象最多的地点是在放学的路上或者校门口。大龅牙的儿
子在校门口与外班同学打斗，用小刀划破了对方的拇指。还有一个坏小子，
在校门口，把他妈妈打倒在地骑在她身上吼叫。"文化大革命"时期的风气
确实是这样的，比较混乱，经常看到法院贴出来的布告，布告上打红钩的人
是被判处死刑的人，好像是些力车厂的犯罪团伙，抢劫犯、强奸犯等。

在混乱的情况下，老师们的教学态度都非常好，因为要伺候好捣蛋鬼们
可不容易，特别是数学老师，常年带一本故事书在身边，一旦学生有要求，
马上转换频道，开启读故事书的模式，一本《桐柏英雄》支撑了一个学期的
数学课。我对数学老师的好感及对数学课的兴趣，就与此关系密切。那个时
候都是没有刻意培训的，如果是喜欢或者特长，那就是真正的喜欢或特长，
是一定数量人群中自然会产生的特定的各类拔尖人物，他们一出手就与别人
不同，这些就是自然造人的奇妙之处。同样处于那个时代，我的同班潘潘同

学的毛笔字、国子同学的钢笔字远远超过了老师的水平，只是后期没有伯乐发现，才没有出人头地罢了。

数学老师上课讲故事，语文老师上课讲什么呢？我们非常期待。没有料到，等语文老师一走进教室，我的嘴巴立即变成了"O"形，久久没有合上。我们的语文老师，竟然是游泳救了宋家老二的红衣女子。难怪她说在附近的学校教书，原来是我们的新老师啊。

红衣女子叫平平，其实她是一个非常温和的老师，平易近人。她备课认真，从来不在语文课上讲其他课程的内容，对学生要求也非常严格。我和宋家老二都非常后悔，因为都没来得及给红衣女子写一封感谢信。

我们班的班主任也是位女同志，短发圆脸，40多岁，像《杜鹃山》里面的女主角柯湘一样漂亮。所以，我们对她的一举一动都非常留意。夏天她会在大树荫凉下乘凉，她家的平房就在大树旁边，也非常方便。她有一个女儿，五六岁的样子，扎俩小辫，活泼可爱。奇怪的是，从来没有看到过她老公，倒是经常看到大龅牙来班主任家，一起在大树下坐着乘凉，热聊些什么。

后来听说小学也有一些"坏分子"，干了不少坏事，破坏学校的正常教学、生产活动。当时小学的政治活动开展还是领先的，"批林批孔"、评《水浒》批宋江，宣传大字报、故事宣讲会等许多活动，获得了市里的表扬。我还被市里选中，在全市各校做评《水浒》批宋江故事报告会的演讲。

最后一场报告会是在城市小学的报告厅举行的，故事讲演者有五位，我是排在最后的一位。

我是通过城市小学的选派，被市里选中的故事讲演者。城市小学起初有包括我在内的三位故事讲演候选人，平平老师当时作为考官。前两位同学先讲，平平看着他们的讲演稿，他们明显不熟悉，不少地方忘记词了。轮到我了，平平老师不看讲演稿了，我于是背诵加发挥，一气呵成。平平老师当场拍板就定我了。其实我对讲演稿也没事先熟悉，只是早上去食堂买馒头，路上默记了一遍罢了，没有想到竟然被选中了。平平老师说："没有想到你游泳不行，讲故事还行。"

后来全市选择五位同学，我也在列。平平老师为了帮我准备全市的故事讲演会，还就手势、肢体语言、语音语调等进行了具体辅导。

由于在城市小学的故事讲演具有主场优势，轮到我讲的时候，也进入了高潮，我大力歌颂反对招安的英雄好汉李逵，批判了宋江这个投降派。大家对宋江的批判气氛产生了极大的共鸣，听众非常热烈亢奋，情绪高涨。我还临时发挥，赋诗一首：黑宋江，坏坏坏！吞并梁山害晁盖。一意孤行心不好，接受招安投降派。大家一阵经久不息的掌声。

正在这个时候，突然听到学校里面传出一声巨大的爆炸声，现场听故事的人全都吓得胆战心惊，不知道是从哪里发出的第一声凄厉的尖叫，惊恐的人们一下子全都作鸟兽散，争先恐后地涌向出口，其速度如同飞机投下的炸弹爆炸后的碎片飞散一样的快，溅射而出，四散而去。

第十九章　破坏生产爪牙落网
受人迫害骨干坠楼

词曰：爪牙坏人在横行，碰头会，破坏成。知识分子，负重慰我心。经济状况下滑中，要票券，要比拼。

年轻需要认真颐，被蒙蔽，要奋争。头脑清醒，严防去紧跟。不做同流合污人，时间到，会算清。

话说大家慌不择路地跑出报告厅会场，看到校园一侧的上空浓烟滚滚，腾空而起，先行的浓烟已经升空很高了，正在缓缓消散。但地面的空气中仍然弥漫着些许浓烟，有的人还在轻轻地咳嗽。四周布满了抬头观看的人们，大家惊魂未定，交头接耳地传递各种信息。学校保卫部门在进行劝导维持消防通道的秩序。不一会儿传来消防车呼啸而来的警报声。

警察很快查明了真相，是坏分子为了破坏生产，在校办造纸厂没人的时候，合上了电闸，造成机器空转，产生电路燃烧导致机器爆炸，所幸没有造成人员伤亡，但造成了严重经济损失。不久，有同学看见，大龅牙教导主任被警察从学校带走了。大龅牙的儿子再也没有与同学发生过打斗。

小学的两年很快就过去了。城市小学的同学对口的都上了市发展中学，个别人上了其他中学，当时学校没有好坏之分，不论上哪个学校大家都非常高兴，因为都是上了离家最近的中学。每个人的人生安排这个时候似乎已经设置好了，等待高中毕业后或者上山下乡，或者顶替上班，解决家庭的经济问题。初中的生活，也是没有考试，没有淘汰的延续。只是班级同学发生了变化，"好汉"的班级排名随之发生了变化，难免又有一些单挑活动的出现，一段时间以后，一切都归于平静了。各自按排位行事，秩序就好了。

我的父母有三个孩子，我是老大。各家的情况基本如此，但由于父母乡下还有祖父母要负担，所以经济方面比一般城市人压力要大。我自小学开始，就在暑假里开始干零工活，一天一块二毛钱。我给学校造纸厂干过，建造工地干过。那个时候买东西有钱还不行，买什么东西都还要票。我有一次拿着票本买蔬菜，见一人拉一板车非常新鲜的大白菜，我尾随其后，心想可以买到好菜了。跟了大半小时，大白菜进到了菜场，可是菜场早已乌压压排起了数支百米长队。板车车主说你跟我也没用，得去排队。最后，菜卖完了，也没有排到我。下午再去，才买到一些刚进的菜。

这种经济状况与"坏分子"破坏生产是有直接关系的。我们"七化建"也住着这些人的一些爪牙。一个短发戴金丝眼镜的中年妇女特别活跃，她叫林莹，有三四个男人围着她，听她的指挥。夏天他们的活动出现于室外，我们能够看到。其他时间，我们看不到他们的具体活动。

南方的夏天太热，整个土地像一个大蒸笼，热气腾腾，屋里就像一个小蒸笼，待久了肯定把你蒸熟。所以不论白天晚上，家里的窗户都得大开着，以便蒸笼的热气可以外泄。但长时间在家里仍然是待不住的，于是过道走廊就摆满了躺椅、竹床，到处是白花花的肉。

太阳下山以后，晚上的大楼天台（楼房的顶层平台）特别凉快，所以天台上的人很多，大家纷纷拿来席子或者竹床占位置。据不可靠统计，天台上占位置的以方便搬上来的席子居多，开始天台地面还有滚烫的余热，可以泼一些水助其冷却。8点以后天台的地面渐渐凉爽起来，大家开始在楼顶平台正式睡觉。天台这里的确非常凉快，半夜还需要盖上被子。只是早晨起来头有些晕晕乎乎的，是夜里的凉风灌的。碰到半夜下雨可就麻烦了，一群人狼狈不堪地逃窜……

"坏分子"的爪牙们也讨厌屋里的闷热，常常会来到天台。我一边躺在竹床上，一边不时偷眼望他们，非常好奇他们在商量什么。他们一般是三五个人，在天台的一个角落里，坐着小凳子开碰头会，有时还吃些西瓜、干果。他们开会声音很小，不知道他们在商量什么。他们从不在天台上睡觉，可能怕说梦话泄露机密。他们开完会后，第二天大楼里就会有一些实际行动，如在哪里布置大字报，在哪里准备宣传栏等。有一次他们商量成立大楼儿童团，林莹见我与大楼里的孩子们打成一片，皮笑肉不笑地说要委任我为团长，见我没有立即表示同意，又马上指派我们班的班花杨天天来做我的工作，杨天天也在大楼里住，是我的同班同学。

我与杨天天没有过多交集，但我的同桌坏小子丁丁，经常用桌子轻顶杨天天的后背，一边发出不怀好意的窃笑。我按住桌子不让他顶，丁丁怀恨在心。一次下课，他去找政治课老师告状，说我说政治课老师不像个钉锤。

政治课老师是个女老师，刚好只有一只手，也是反"右"时遭到"四人帮"迫害的结果。这也反过来说明政治课老师是一个非常优秀的老师，但平常有调皮同学开玩笑称呼她钉锤，丁丁就是其中之一。

话说我按住桌子，不让丁丁顶杨天天的后背，丁丁一时没有什么办法。一会儿，丁丁突然鬼头鬼脑地问："老师像不像个钉锤?"

政治课老师正在上课，我看了看丁丁说："不要乱说。"

丁丁不甘心，继续发问。我似乎明白了丁丁想套我的话，不再理他。丁丁开始摇晃我们的课桌，一直问："像不像？"我不耐烦地回答："不像。"心想，可不能让你钻什么空子。

没想到，回答不像，也被丁丁钻了空子拿去告状。

政治老师听见丁丁说："老师，有人说你不像个钉锤。"政治老师本来对"钉锤"两个字就特别敏感，不管前面的限定词是"像"还是"不像"，或者她没有听清楚是"像"还是"不像"，立即按捺不住愤怒，追问："谁说的？"然后不由分说地上前一把抓住我的衣领，把我拖到了办公室。唉，真是倒霉的时候喝凉水也会塞牙。说不像"钉锤"也会被告，难道该说像个"钉锤"？

政治老师气呼呼地叫来了班主任，要求一定严肃处理。班主任弄清了情况，说："丁丁真是个坏孩子，你就不应该搭理丁丁。你想，说别人不像钉锤，这话好听吗？再比如，说别人不像个傻瓜，这话好听吗？"我立即明白了道理，向政治老师说明了情况并致歉。此后班上便没有人再理丁丁。

我不让丁丁用桌子顶杨天天的后背的事，杨天天肯定是不知道的。她找我当儿童团团长的时候，没有提到这件事，我也没有告诉她这件事。关于担任儿童团团长的事情，我本来没有犹豫，我想当儿童团团长，因为在即保小学我就喜欢当班长，只是看到林莹的皮笑肉不笑，我有点忍不住想笑，以为她是开玩笑，我不能丢面子，所以没有马上给以肯定的回答。因为当儿童团团长的事情是一件非常严肃的事情，我想林莹如果希望我当，肯定还会正式找我严肃谈话的，到那个时候我肯定同意就是了。没有想到林莹这么着急，马上派杨天天来找我。但看到杨天天来找我以后，我不再犹豫了，坚决拒绝了林莹的提议。因为我知道，电影中派美女去劝人做一件事情的时候，这件事情肯定不是什么好事情。

林莹得知此事以后不再皮笑肉不笑了，而是控制不住情绪地勃然大怒，说:"野小子真不识抬举,以后永不重用。"林莹也叫我野小子,说明之前四合院的小姐姐们对我的称呼是实事求是的,不带个人情绪的,我不该冤枉她们。

林莹发怒完毕,杨天天仍然战战兢兢地在一旁看她。忽然,林莹推了推她的高级眼镜腿,又问杨天天:"你们班还有没有其他合适人选?"

杨天天想了一想说:"我们班住在大楼里的人不多,还有一个,叫靬子,表现倒是比较积极,但他父亲被打倒了还关押在牛棚。"

林莹不满地看了一眼杨天天说:"这可不行,这是个政治问题。"

林莹说完,又看了看杨天天,眼色有些柔和了:"天天,看来男人也不一定可靠啊,干脆这样,你来当儿童团团长怎么样?你又是我的干女儿,我本来就有意让你当,但小组的几个臭男人说过去的儿童团团长都是男的,所以我才没跟你说。现在我下定决心了,不找男的。"

不知道杨天天与林莹是如何结成的干女儿与干妈的关系,因为我对杨天天的父母及林莹的丈夫没有一点印象,可能他们之间有一些特殊的关系。我只知道他们都住在七化建大楼,但没有过多的接触。

杨天天既然喊林莹干妈,说明她们之间关系是密切的,林莹应该希望杨天天担任儿童团团长。所以,当林莹说让杨天天担任儿童团团长的时候,杨天天有些高兴,这说明干妈是喜欢自己的。但杨天天又有些不自信:"干妈,我行吗?我传个话还可以,当领导不行。"

林莹批评杨天天:"别领导领导的,儿童团团长是个啥领导,是服务的,听我的指挥就行了。"

杨天天还有些犹犹豫豫,她担心一些调皮捣蛋的小子不服管理,但她看到的是林莹那没有一点商量余地的目光。

杨天天知道,林莹决定的事情是没有商量余地的,于是她知道自己不能再犹豫，以服从命令的口吻说道："好的干妈，我都听您的，一定完成任务。"

林莹这才勉强挤出了一丝笑容。

杨天天戴上了儿童团红袖箍。戴上了儿童团红袖箍的杨天天更多的时间走到了室外，在广阔天地中发挥作用。

儿童团其实没有专门的活动场所，大楼天台是小伙伴喜欢去的地方。杨天天也会在大楼天台召集一些小伙伴开会。大楼天台上有高高的一房凸出，这是进出天台的通道房。上大楼通道房，要通过上顶层的楼梯。天台的面积足以媲美小足球场，可以在天台上面自由奔跑，游戏嬉闹。天台四周是砖砌的一米高的围挡，围挡宽不过一块砖的长度。胆大的小孩子有时会在砖墙围挡上行走一小段，楼下的人看得胆战心惊，连忙大喊，小孩子慌忙跳到天台上。

天台上的通道房正面是出口，背面是一段斜坡，斜坡之后是不到一米长的平地，此平地与砖墙围挡高度一致，故融合在一起。但这样一来，通道房斜坡之后就等于没有了围挡。正常这样的设计是毫无问题的，但大楼的小孩子调皮捣蛋，故意爬通道房的斜坡，然后顺着斜坡像坐滑梯一样地溜下来，到了斜坡尽头平地处赶紧刹车，此时距离围挡外已经很近了，小伙伴感觉非常刺激，但如果稍有失足，就会跌入楼底。

这项危险的游戏都是男孩子们玩，女孩子在旁边看，看男孩子爬上爬下的，女孩子也觉得有趣，看得高兴，男孩子爬得更加得意忘形。意想不到的是，儿童团团长杨天天竟然也敢在通道房上滑斜坡，这无形中增加了她在小伙伴中的威信。杨天天身手矫健，一点也不输男孩子。但是好景不长，一件人命关天的意外的事情终于还是发生了。

话说一天清晨，杨天天被发现躺在楼底的草丛中。

草丛位于大楼的后面，由于缺少阳光，这里的草长得并不茂盛，但地上的泥土松软，富有营养。几根野芦苇长势疯狂，像是几个领舞者在随风飘荡。草地上，蚊虫乱飞，杂乱无章。还有的住户图简单省事，将垃圾留在了这里，一只老鼠在窜来窜去的，一点也不怕人。

杨天天就落在了野芦苇的旁边。她坠落的尖叫声惊动了附近的所有人，随后她被发现并被送往了医院。杨天天是如何掉下楼的，至今仍然是一个谜。一种说法是杨天天为了当好儿童团团长，与小伙伴打成一片，刻苦训练滑斜坡技巧，不幸从楼顶坠落。另一种说法是杨天天当了儿童团团长以后，林莹经常安排她去干她不愿意干的事情，她觉悟了，便被林莹诱上楼顶后，将她推了下来。但杨天天一直守口如瓶，不愿意说出真相。

我后来看过现场，发现通道房斜坡上的油毛毡大部分被撕走了。斜坡上的油毛毡可以减缓下滑的速度，没有了油毛毡，滑斜坡就是非常危险的事了。我想，油毛毡大部分被撕走的事情肯定是林莹干的，她的目的不是谋害杨天天，而是为了谋害我们几个不愿意加入儿童团的小伙伴，没有想到事与愿违，反倒伤害了杨天天。

幸运的是，杨天天在掉下楼的过程中，被伸出来的晒衣服的竹竿阻挡，减缓了冲力，然后又掉在软软泥土的草地上，没有产生生命危险，只是腿部骨折了。不知道什么缘故，杨天天康复后，就没有再当儿童团团长。

但大楼"坏分子"的爪牙中的林莹，仍然经常对儿童团直接发布命令，如要求大楼小孩到楼下街上的马路执勤，抓骑自行车带人的人。林莹说你们如果抓不住，就给他们推倒也行。有的人怕打不过骑自行车带人的人，还带着棍棒上街了。久而久之，一些骑自行车带人的人不敢经过大楼下面的马路了。林莹一次到现场观摩指挥，发现靬子的表现特别野蛮，对骑自行车带人的人穷追不舍，推倒了不少骑车人，就表扬了靬子，说他勇于与家庭划清界限。杨天天受伤之后，林莹一直找不到儿童团负责人的合适后继人选，于是轩子又进入了她的考察视野。

林莹对轩子的表现越来越满意，便召见了轩子。

林莹对轩子说："你虽然是一个有问题的后代，但能够划清界限，仍然前途光明。"

轩子听了林莹的话，有些生气，心想："胡说八道，谁是有问题的后代。我是后代，但我没有问题。"可是轩子不敢当面顶撞，只能让气留存在自己的心底。

林莹见轩子低头不语，便诱导说："如果你能够继续保持革命干劲，我会让你挑重要的担子。"

轩子心中暗喜，他希望得到积极表现的机会。轩子准备表态答应。

忽然，林莹的目光落在了轩子曲里拐弯的头发上，她若有所思地说道："可是……"

轩子听见林莹说了句"可是"就没有了下文，不由得心里一紧，呼吸也变得沉重多了。轩子惴惴不安地抬了下头看着林莹，发现林莹在看他的头发。

林莹见轩子有一头浓密的卷发，心想，这头发虽然是先天自然卷，不是后天人为制造，当事人主观上没有过错，但这根本不像无产阶级。于是林莹说道："轩子你要注意了，你的头发要根据革命需要进行改变，要理成革命头。"

"革命头？"轩子不解地问。

"对，革命头。"林莹不容置疑地说道，"因为你这形象不像儿童团团员，倒像鬼子翻译官。"

轩子从小就以自己的自然卷发为傲，因为别的小朋友都没有，轩子的自然卷发引人注目。但现在林莹不仅不欣赏，还说他像鬼子翻译官，轩子自尊心受到严厉的打击，轩子强忍住怒气，问林莹道："怎样变成革命头？"

林莹说道："这还不好办，把你的卷发剃掉，只留下看不见弯曲的头发短楂即可。"

轩子说："那不就是光头一样的小平头了吗？"

林莹说道："差不多是这个意思，你回去考虑一下吧。我还有事，就这样了。"

轩子心有不甘地离开了林莹，他的头脑里一团乱麻。轩子特别喜欢自己的波浪卷发，不能用波浪卷发去做任何交易，轩子考虑良久，也没有放弃自己心爱的波浪卷发。

林莹见轩子的波浪卷发一直没有得到改变，认为这是资产阶级的低级趣味思想在轩子身上作怪，于是林莹就延长了轩子的考察期。

从表象上看，轩子倒是适合儿童团工作的，他父亲在牛棚，无人管束他，他便天不怕地不怕的，感觉像有颗仇恨的种子埋在了心间，等待发芽。但林莹追求的是形神兼备，像样板戏里的主角必须是浓眉大眼的高大上，不能有一点瑕疵。

轩子可能还是想当这个儿童团团长，以表示同父亲划清了界限。但林莹的不置可否，模棱两可，让轩子心存怨气。

他要找机会到林莹那里争取争取，让林莹改变看法，不能因为头发这点小事就影响别人的前途命运。

但找林莹要找合适的机会，还得看林莹的心情，如果她心情不好，找她也等于自讨没趣。轩子开始注意观察林莹的一举一动。

这天，林莹一大早就出了大楼的门。轩子撒尿回来，看到了林莹前行的背影。林莹身材属于肥胖型，但由于五官端正，倒显得有些风采甚至性感。

这么早就起床了，她的心情应该不错。轩子不由得一阵狂喜：平时找林莹都会碰到一堆人，今天林莹单独外出，可是个表忠心的机会，轩子想也没想就跟了上去。

轩子心想反正今天星期天不用上学，就先跟着林莹，赶上去套套近乎，说不定儿童团的事就成了。轩子知道，这事林莹一个人就能定。如果自己当上了儿童团团长，就是红色少年了，对父亲一定是有好处的。轩子想到这儿，不由得加快了脚步，林莹身边没人，正好可以说话。轩子还是挺有经验的，一般一个人走路，如果碰到一个说话的人一起走，就不觉得走路枯燥了。这个时候的交流是会比较愉快的。

突然，轩子放慢了脚步，他察觉到了一些异常。因为林莹不像是一个正常走路的人，她走得急匆匆的，像是在赶时间。轩子知道，这个时候追上林莹，是会自讨没趣的。轩子知道今天林莹肯定有急事，不能去打扰她。轩子打算放弃今天的机会。恰在这个时候，林莹快速地回头望了一下，又转头回去，继续快走。

林莹的突然回头把轩子的的确确吓了一大跳，好家伙，要是被林莹发现自己在盯梢，自己可就完蛋了。好在轩子反应灵敏，他一个快闪躲在了身旁的人行道的大树后面，还好林莹只是试探性地回头，并没有仔细查看，所以并没有发现轩子。但轩子的心脏紧张得怦怦怦乱跳。

轩子感到更奇怪了，林莹今天的举动非常反常，难道她有什么不可告人的秘密？林莹反常的举动进一步激起了轩子的好奇心，他决定继续跟踪下去。

一转眼的工夫，林莹到了十字路口的转弯处，轩子正要快速跟上，忽然，林莹又回头看了一下，轩子有了上次的经验，又躲在了树后。可是等轩子探头看时，林莹已经无影无踪了。轩子飞快地跑到十字路口的转弯处，发现弯道和直道都不见了林莹的踪迹。太奇怪了，难道林莹会飞？轩子抬头望了望天空，也不见林莹。轩子有些失望，准备回返。突然，轩子的眼睛一亮，他想到了林莹的去处。

十字路口的转弯处是一些店铺，现在都还关着门，只有一家店门大开，门匾上书四个大字"客来宾馆"。轩子顿时恍然大悟，林莹一定进了这家宾馆，可奇怪的是，她一大早急急忙忙地来宾馆干什么？轩子探头探脑地往宾馆里面望了望，也没有发现林莹的影子。但轩子确信林莹一定在里面。

轩子的好奇心进一步扩大性地弥漫全身，他决定要弄个水落石出，以便为今后担任儿童团团长增添业绩。

轩子蹑手蹑脚进入了宾馆，服务台的服务员刚好不在。在当时，服务员的服务态度、服务水平都处在一个养尊处优的层次，服务员脱岗是一个常态。而且，能够住得起宾馆的人本来就不多，服务台的服务员工作比较轻松，没有专门的监督人员，服务员喜欢溜达到哪就溜达到哪。

轩子便寻一个隐蔽的角落，在石头台阶上坐下，然后将衣服上拉，遮住了自己的半张脸。一双眼睛直溜溜地盯着远方的电梯出口。从这些动作看，轩子倒真有儿童团的潜质。

轩子一刻也不敢放松，警惕地观察着电梯出口。突然，一只手悄悄搭在了轩子的肩上，把轩子惊吓得半死。

轩子胆战心惊地回头一看，才把心放回肚里，原来是宾馆搞清洁的大妈，手拿抹布在打扫卫生。她要轩子让位，要擦拭轩子坐过的地方。轩子站起来擦了擦汗。

搞清洁的大妈也是警惕性不高，不然轩子可能会被赶走或者被宾馆抓起来询问，林莹就彻底安全了。

可是搞清洁的大妈思想单纯，擦完石头台阶后还告诉轩子石头台阶太凉，要他到前台的沙发上去坐。大妈可能认为，能够进入宾馆的人，也都不是一般人，她可不敢得罪。

靬子婉拒，复坐于石头台阶上。大妈见靬子爱好石头台阶，遂忙于他处。靬子虚惊一场，复将衣服上拉，遮住了自己的半张脸。

不知道过了多久，靬子的眼睛逐渐盯累了，脑袋迷迷糊糊地想睡，就在他上下眼皮要碰在一起亲密接吻的时候，电梯的门"咣当"一声开了，林莹走出了电梯。靬子的上下眼皮立即分开了，靬子的眼睛瞪得像电灯泡一样，闪闪发光。靬子一阵狂喜，总算等来了林莹。但突然又愣住了，笑容在靬子的脸上瞬间凝固了，因为靬子清清楚楚地看到，林莹的旁边，多了一个矮个的秃顶男人，男人身穿四个兜服装，一看就知道是个不小的干部。只见秃顶男人快速而亲密地抱住林莹的脖子，在林莹的脸上一阵乱啃。靬子怒不可遏，立即要冲出去救林莹。忽然靬子的脚步迈不动了。因为他看见，林莹的手捏住了秃顶男人的裤裆。

靬子一下子羞红了脸：

"呸，这对狗男女，搞破鞋，不要脸。"靬子往地面吐了一口唾沫。

随着一阵拖拖沓沓的脚步声，好像是散漫的宾馆服务员从远处走来，秃顶男人与林莹立即松开，恢复了道貌岸然的样子，像是在进行工作交流。秃顶男人对林莹说："你来得非常及时，这个材料非常重要，请你立即回去详细准备。"林莹说："好的，我马上准备。"

靬子知道，这对狗男女肯定又在整谁的黑材料，他想到了自己的父亲，于是开始对林莹产生了憎恨。

秃顶男人返身回了电梯。林莹走出了宾馆。

靬子一边恨恨地咒骂，一边小心翼翼地跟在林莹后面。事实上他根本不想再跟踪林莹了，他只想呕吐。靬子就往回家的路上赶。没想到的是，林莹也是往回家的路上赶。两人一前一后地走着，林莹再也没有回头看过。轩子恨不得加快脚步快些到家，以免看到林莹恶心的身影。但林莹却不像来的时候那样，而是走得不紧不慢。看来她的急事已经解决了。

林莹到了七化建大楼门口，犹疑了一下没有进去，然后穿过马路，通过了发展中学的后门，直接进入了发展中学后门旁边的女厕所。跟在后面的轩子更想呕吐了，便也穿过马路，通过发展中学的后门，进了发展中学后门旁边的男厕所。

发展中学后门旁边的厕所是露天的，男女厕所只隔着一堵并不太高的砖墙，两边的动静会听得一清二楚。此时，轩子发现男厕所内空无一人，而女厕所那边传来了林莹"唭哧唭哧"的排便声。轩子的心底又涌起一阵一阵的恶心，他想呕吐，却又吐不出来，轩子的愤怒达到了顶点。突然，轩子做出了一个连自己都无法想象的大胆举动，他像做引体向上一样，鬼神般灵巧地上攀，将头伸过了隔断男女厕所的那堵并不太高的砖墙。此时，女厕所除了林莹，也别无他人。轩子探头下视，林莹白花花的大屁股一览无余。若在平时，轩子肯定会激动得心潮澎湃，甚至幻想着和林莹的不堪入目的想象的空间。但现在，轩子感到的只有憎恨和恶心。他愤愤不平，心底的愤怒只有表示出来才会平息。轩子捡起砖墙上遗留的小砖头粒，狠狠地向林莹白花花的大屁股砸去，然后一跃而下，一溜烟地跑了。女厕所内传出一声杀猪般的哀号。

轩子从此之后就再也没有听从过林莹的命令。

不知道当时轩子从男厕所飞奔而出，有没有被人看见，但从事后的反应来看，似乎没有人发现轩子的这个秘密。不然，依林莹的脾气，焉能善罢甘休？

我与轩子在同一个班级，但待在一块儿最多的时间是在大楼的天台，在天台上可以无拘无束地展示儿童的天性，没有大人的监督与打扰，快乐的时光简单而充实。在天台上看城市，半个市区一览无余，烟囱里吐出的白烟在缓缓上升，不知道从哪里的喇叭里传来了铿锵有力的革命的声音："坚决打倒……"

在天台上看天空，一片白云乐悠悠，乐悠悠的白云朵朵也在调皮地玩耍，一朵朵小小的白云追逐着大的白云，像极了白云一家人。调皮的大白云照顾着小白云，为了哄小白云高兴，大白云魔术般变幻着花样，一会儿变得像小老虎，一会儿变得像小白象，一会儿变得像小肥猪，一会儿变得像白发魔女，小白云一会儿高兴，一会儿害怕，我们像看电影一样，就这样目不转睛地看着白云一家人的表演，开心极了。

天台留给我们的记忆是美好的，也有可怕的。一次下午放学后，我与轩子不约而同地上到了天台。那个时候没有课外作业，放学后无所事事，天台是一个好去处。两个男孩子在天台上没有什么好聊的，都是吹嘘自己比别人厉害。轩子砸林莹白花花大屁股的事就是他在天台上吹嘘说出来的。我根本不相信，但轩子吹嘘完马上就后悔了，说："你最好别相信。我就是吹嘘。"我这才知道这家伙说的是真的。我佯装要告密，轩子顿时服软了，给了我一大堆香烟的烟标。

烟标在当时可是小伙伴的好玩具，男孩子基本上都收集了一些烟标，如大前门、黄金叶、金蝶等，并根据烟标的珍贵程度，赋予它们不同的计算价值，如黄金叶"无数大"、大前门"一个亿"等。玩的时候，大家在背后出"标"，然后拿出来比较烟标价值的大小。价值最大的人暂时保管这些烟标并优先进行下一步操作，即靠技术赢标：将所有烟标折叠一下，放在拇指和食指形成的支架上，支架抬高至鼻梁上方，然后突然抽回拇指和食指，烟标随即落地，翻面的烟标归操作者，没有翻面的烟标归下一位操作者操作，以此类推，直到赢完所有的烟标。有一次我带的烟标不够，找轩子合伙，大赢了一把。然后给了轩子一些赢的烟标，轩子说太少，一直在找我讨要。没想到，这次又赢了轩子的烟标，但我觉得有些胜之不武。

但轩子也很高兴，他给了我烟标之后，不担心我告状了，于是可以继续吹嘘，这个可能与烟标同等重要。

轩子扬扬得意地说："我比你跑得快，力气大，我推倒了好几个骑自行车带人的。"

进入中学以后，班级武力值排名有些弱化，青春期变化比较大，每个人发育速度不一，武力值排名没有随时更新，所以人人都觉得自己厉害，其实只是跟自己比厉害了。

我不知道轩子是不是变厉害了，于是建议比试比试，点到为止。

我们比完了短跑，轩子说比赛结果没有说服力，因为跑道坑洼不平，跑快了容易崴脚。

"那怎么办？"我问轩子。

"比摔跤。"轩子好像蓄谋已久。

摔跤简便易行，是武力值比拼的必考项目，我不能有任何异议。

我与轩子抱摔在了一起，纠缠中，谁也摔不倒谁，但轩子的优势越来越明显。我此时有些埋怨父母："也不知道给我多吃一点，不然我也不会一直不再长高，现在连摔轩子也这么费劲。"正胡思乱想的时候，突然，我大汗淋漓，汗珠使我的眼睛有些模糊。我强稳住阵脚，抓住机会想抽出一只手揉擦一下眼睛，不料，我抬起的手意外地摸到了轩子的波浪卷发，特别飘柔。说意外，是因为轩子从不让别人摸他的宝贝卷发，摔跤中他也是脖子后仰，尽量采用保护头发的姿势。

摸到了轩子的波浪卷发，突然使我灵光一现：轩子这家伙既然这么在意卷发，那么卷发就是我的撒手锏。我再也舍不得放弃卷发了，眼睛里的汗珠已经没有卷发重要了，我揪住卷发，往不该往的方向进行提拉。我考虑点到为止的诺言，所以提拉并没有太使劲，怕轩子恼羞成怒。但我的手不敢放松，怕卷发溜走，所以最后手里可能残留着少许或者几根卷发丝。

轩子一声大叫，估计不是疼的，而是心疼的。轩子立即松开了我。可是我的下意识的下一个组合动作已经来不及收回了，一个扫堂腿，轩子被摔倒在地。

我愣在了原地，是我胜之不武，没有执行缴枪不杀的方针政策。但我心里也觉得冤枉，这可不能怨我，谁知道一揪头发，你轩子就投降呀，以后咱们就比试揪头发得啦。

轩子倒在了地上，一开始只是仇恨地瞪着我，但一声也不吭。我知道，这个时候的一声不吭是最可怕的，是愤怒的极点。果然，轩子的一声不吭到暴跳如雷的转化只用了不到一秒钟，只见轩子一个毛驴打滚，一下子就站了起来。他龇牙咧嘴发出了疯狂的咆哮声。见我没有被疯狂的咆哮声吓倒，轩子更加生气了，他快速拎起了地上的书包，突施冷箭，狠狠向我砸来。由于用力太猛，他的书包带脱手了，脱手后的书包呼呼带风张牙舞爪地扑向我，说时迟那时快，躲闪已经来不及，我只好本能地用手一挡，虎口被震得发麻。但这一挡非常有效，否则，我一定会满脸开花。

话说书包被我用手一挡，改变了飞行的方向，掉转枪口直接飞向了大楼围栏，并快速越过围栏，由于地心引力的作用，向楼下俯冲而去。不一会儿，楼下传来"嘣"的一声响，随后空气中传来"咣当"沉重的碰撞声。

我们大惊失色，有了一种非常不祥的预感。我顾不上虎口的疼痛，立即走近围栏，头伸出去，看到一个人躺在了地上，书包里的书散落一地，周围围了几个人。有人正抬眼往天台看，我吓得一个激灵，赶紧缩回了脑袋，慌慌张张地对轩子说："出大事了，书包砸死人了。"

第二十章　晚自习环境覆坼
鸭舌帽趁黑打劫

词曰：坏人爪牙在七化，瞎指挥，施高压。发布命令，环境变复杂。社会人员进校闹，乱秩序，打抢砸。

时刻小心路上渣，鸭舌帽，把劫打。陬抢钱财，怒火无处发。发誓以后当警察，为人民，保国家。

话说轩子用书包砸我，他那砸书包的手还没有来得及抽回，因为没有砸中我，他的脸上仍然是怒气冲冲的状态。但一听我说书包砸死楼下的人了，他立即脸色大变，手揪卷发，面如死灰，手脚冰凉，像一摊软泥一样瘫倒在地。好在他的双眼还瞪得大大的，不然我真会以为他已经是一个死人。真是个外强中干的家伙。我一边骂他，一边害怕。我的大脑已经一片空白，身体无法控制地一抖一抖的，像一个正在打摆子的病人。一会儿，我的脑子由一片空白变成一片混乱，无数个怎么办、怎么办纠缠在一起，理不出个头绪来。

好一会儿，轩子先缓过了一点劲说："反正他们没看见咱们，跑吧。"我们此时虽然分不清各自的责任，但都知道后果严重，三十六计走为上计。

我还在思考："不行，跑得了和尚跑不了庙。"

轩子不愿意浪费宝贵的时间，便不再征求我的意见，想拔腿就向天台的通道房奔去："先跑了和尚再说。"我一把抓住了他："不行，我刚才探头去看，被楼下的人发现了呀！"

轩子恼怒地一把推开了我，开始奔向天台的通道房，一边回头说："他们没有发现我，你不能出卖我，我父亲还在牛棚，我不能再进去。"

我听了轩子的话，觉得他挺不容易的，就没有再去抓住他。逃一个是一个吧，我自己不逃就行了。

突然，轩子奔跑的脚步停住了：天台的通道房门口出现了一男一女两个戴红袖箍的人。

"完了，一个都逃不了。"我望了望天，愁云密布。

"谁往楼下丢的书包？"戴红袖箍的男人不露声色地问。

我们面面相觑，不知道怎么回答。

"谁往楼下丢的书包？"戴红袖箍的女人重复一遍。

轩子瘫倒在地。

"肯定是你。"戴红袖箍的男人问轩子。轩子张口结舌，紧张得不知道怎么回答。

"不是这样的。"轩子想都不想，立即出卖朋友与同志，"是他。他把书包弄下了楼。"轩子掐头去尾，只拣有利于自己的片段说。而且他说的"他把书包弄下了楼"没有违背客观事实，如果他说"你把书包丢下了楼"就完全是我的责任了。轩子想以"把书包弄下了楼"的表述，来让戴红袖箍的理解成"把书包丢下了楼"，轩子就没有一点责任了。

"你个叛徒……"我一时语塞，不知该从何说起。

戴红袖箍的男人忽然转面向我，态度突然和蔼起来："是你小子丢的？

好啊小伙子，你立功了。"

我瞪大了眼睛，像丈二和尚——摸不着头脑。

軒子以为戴红袖箍的男人在开玩笑，也没安好心地对我说："听到没有？你立功了。"

戴红袖箍的女人见我们不相信，于是补充说："是这样的，就在刚才，我们联防队员在追一名小偷，小偷飞快地转过大楼墙角就要跑掉了。忽然吧唧一下摔倒在地，原来是你们用书包给我们提供了助攻。我们抓住了小偷。所以你们立功了。"戴红袖箍的女人还没有弄清事实，所以这里仍然说的是"你们立功了"，而不是"你立功了"。

啊，天下居然有这样的巧事？我大喜过望，但还是不放心，怕小偷被砸死了自己有责任，于是问道："小偷被砸死了吗？"

戴红袖箍的男人说："一个鸡蛋从楼上抛下，就可能使人头骨碎裂。别说更重的书包了。"

"啊?!"軒子吓得又要瘫倒下去。从軒子无意识的动作看，就暴露了他的内心。因为书包飞行的原始动力来源于他，他是总根源。至于我手挡书包，应该属于正当防卫，我不能眼睁睁看着书包砸在我的头上吧。但书包砸到了楼下，也不能排除我的责任，因为是我使书包改变了方向。我虽然使书包改变了方向，但我没有添加新的力量，原始动力仍然来源于軒子，无论如何，軒子是不能置身事外的。所以軒子吓得又要瘫倒下去，可能是他想通了这层逻辑关系。

我也惴惴不安：虽然我与軒子之间属于正当防卫关系，但我与被砸的人之间没有正当防卫关系，是不能免除责任的。

"别吓唬他们了。"戴红袖箍的女人嗔怪地看了戴红袖箍的男人一眼说，"也算你们走运，书包没有直接砸中他，是把他绊倒了。小偷没有受伤。不过以后你们可不要再干这么危险的事情了。"

我们这才放了心，对两个戴红袖箍的人表示一定照办。

戴红袖箍的女人说："这样，我们仍然需要丢书包的那个人跟我们走一趟，去做个笔录。"戴红袖箍的女人仍然没有弄清楚，那个丢书包的人到底是谁。

靬子一见有机可乘，连忙说道："报告红袖箍，千真万确是我砸的书包，我跟你们去做记录。"靬子见立功了就不再隐瞒自己的过失。

真是个见功就抢，见事就躲的小人，以后肯定是叛徒，我自己腹言腹语。但不去做笔录也自然省掉了许多麻烦事，这么一想，我的心里平衡了。

戴红袖箍的男人向靬子亮了亮红袖箍说："俺们戴红袖箍，不叫红袖箍。俺们是联防队员。"

靬子立即改口说道："报告政府，我是儿童团团员，也有红袖箍。"说完靬子又指我，"他的没有红袖箍。"这狗东西，"日本话"都出来了。

戴红袖箍的男人没有听清"日本话"，但听清了靬子也有红袖箍。有红袖箍的人应该比较可靠，他就与女人商量了一下，然后带靬子走了。

我第一次看见了靬子昂首挺胸的样子，就像一只斗赢了的公鸡。

靬子以为能够得到什么奖励，其实是一种误判。他只是去配合履行一些程序上的手续，证明一些问题。最后还被教训一通不要高空抛物后被放了回来。虽然如此，但靬子到了学校，在我面前表现得非常高兴，仿佛是得到了嘉奖。我不明白其中的缘由，对靬子更恨了。

那个时候学校经常开全校性的大会，俗话说开大会解决小问题，开小会解决大问题。不论如何，都是在解决问题，同学们还得参加。下午的全校会议，不知道是今年的第几次会议，我们班随机被安排的位置是靠操场边，我刚好坐在靬子的后面。当时的班主任是物理老师，一位年轻的女同志，当天打扮得特别漂亮，上身洁白的的确良衬衫，插在笔挺的军黄色的裤子里面，腰系黑色的皮带，前凸后翘，真是雄姿英发，特别威武干练。男同学的眼睛都在班主任的身上瞄来瞄去。班主任可能还没有意识到自己的引人注目，不时在班级队伍的空间小道上走来走去，检查学生的听会状态。

轩子的眼光也不例外，瞄完班主任后还回头对我莞尔一笑，一副自鸣得意的样子。我把轩子的得意归结为独吞了联防队员的嘉奖，我的气不打一处来，脑袋嗡嗡的，根本听不清领导们在主席台上讲些什么。我毫不犹豫地掏出钢笔，在轩子军黄色的薄棉夹克的后面的最佳地段，开始了艺术创作。我的绘画是有童子功的，加上融入了我此时对轩子的"情感"，我创作得聚精会神。根本没有时间去看漂亮的女班主任。其实，此时女班主任可能已经走累了，走向了办公室的方向。

轩子似乎一点也没有觉察，他的眼光还追随着班主任远去的倩影。

大会结束了，轩子衣服后背上的杰作被同学发现了，大家哈哈大笑。奇怪的是，轩子一点也不生气，乐呵呵地回到了教室。

太奇怪了，轩子反常啊。若在平时，轩子肯定会对我不依不饶的，今天怎么了？我在路上碰见了小军军，小军军用奇怪的眼神看着我。"怎么啦，老大，你今天不高兴？"我跟小军军主动打招呼。"看看你的裤腿。"小军军憋不住了，指着我的裤腿，笑得前仰后合。

我感到莫名其妙，低头一看，气的是八面冒火七窍生烟，原来是坐在前排的轩子暗中使坏，把他的钢笔水全喷洒在我的裤脚上。等我怒气冲冲地赶到教室，轩子早已不见了踪影。

我只好接受现实，急匆匆地离开学校，以免被更多的同学看到。据同样的原因，轩子可能比我更早就离开了学校。

这事是我有错在先，双方均有过错，所以谁也没有在漂亮的女班主任那里告状。第二天上学，我和靬子好像什么事情也没有发生过。

通过这件事情，我和靬子似乎都变得成熟了一些，我们不再动不动就比武决斗，靬子闲来无事，就在家里看书，后来听说他的父亲从牛棚里被放出来了，不再让他出门瞎混。

不久，我们家从七化建搬家到了政府大院的家属院里面，没有想到宋家老二家也搬到了这里。宋家老二的母亲现在在财政局工作，家里的条件比以前好了不少，这些从他的穿着打扮的变化就可以看出来。政府大院离学校较远，为了安全，住政府大院附近的同学们都是结伴上下学。

发展中学地处城市中心，经常有社会人员在晚自习没有老师的时候冲进教室，殴打与他们有各种过节的学生，甚至打老师。晚自习结束后的学校大门口也经常聚集大量社会人员，不时出现各种打砸抢暴力现象，也有尾随学生抢劫的。

晚自习后我与宋家老二一起回家，附近的女同学也都三三两两地结伴一起回家。但男女仍然保持距离，从不走在一块儿。女同学一般走在前面，男同学走在后面，多少有些保护的作用。我们像往常一样走在马路边的人行道上。晚上路灯昏暗，人行道两边的树木枝叶茂盛。突然，我发现旁边的宋家老二不见了，我扭头一看，宋家老二在我后面大约五六米的地方停住了，我正要叫他快赶上来，一下子闭上了嘴巴。借着树叶间空隙露出的光，我看见宋家老二的旁边多了一个戴鸭舌帽的成年男人，宋家老二正惊恐万分地看着他。

那个鸭舌帽一只手伸进自己裤子的口袋里，口袋里鼓鼓囊囊，另一只手抓住了宋家老二的一只胳膊。

宋家老二慌乱地看了我一眼，急忙叫道："救命!"

我的脑袋一下子就蒙了，第一个想法是冲上去帮助宋家老二。

"最好别动!"鸭舌帽的公鸭嗓子威胁道。他那只抓住了宋家老二一只胳膊的手,瞬间松开又突然掐住了宋家老二的脖子,宋家老二痛苦万状。

我的腿像被定住了一般,挪动不了半步。

鸭舌帽掐住宋家老二一步一步地向我逼来。

情况十分危急,怎么办?

宋家老二哀求道:"放了我吧。"

鸭舌帽边走边说:"把钱都拿出来。"说完又看了看我,表明是对我和宋家老二同时下的命令。

这个鸭舌帽,应该干不过我们两个,我正要拎起书包奋起反抗。

鸭舌帽观察了我的一举一动,恶狠狠地对着我说:"别动!"他用伸进裤子口袋里的手指顶起鼓鼓囊囊的裤子口袋对着我晃动起来。

"动就要命!"鸭舌帽威胁道。

"不动,我们不动。"宋家老二对着我大喊,"快走,这不关你的事!"

鸭舌帽口袋里鼓鼓囊囊的东西一下子使我理智起来,不能伤及自己人。我一边飞速地转动头脑想着对策,一边观察鸭舌帽的鼓鼓囊囊的口袋。

里面是什么?手枪?不像,没有那么鼓。刀具,也没有那么鼓。石头,肯定是石头,圆圆滚滚的石头!

如果是石头,可怕等级就没有那么高了,我又要扑上去。

没有想到,鸭舌帽从裤子口袋里掏出了一枚黑乎乎的铁家伙,圆圆滚滚的,高高扬起,穷凶极恶地说道:"手雷,炸死你们!"

第二十一章　高考翁聚老校长运筹帷幄
因地制宜文科班众神归位

词曰：龙腾虎跃地与天，快加鞭，永争前。共助翕协，仁智勇三全。留逗康健强大体，拥爱恋，做功善。

不欺奋斗不欺年，莫迟延，莫等闲。扎始基桢，酸甜苦辣咸。饱进人间苦磨难，一兆展，大书先。

话说宋家老二听说鸭舌帽从裤子口袋里掏出的是手雷，马上双腿一软，吓得不敢再动了。

"别炸，我给钱。"话还没有说完，他的手快速地伸进口袋掏出了一叠纸币。

鸭舌帽大喜过望，一把抓过纸钱，返身就跑，根本没有时间管我了。

"抓坏人！"我仿佛这时才清醒过来，想追上去把宋家老二的钱要回来。

宋家老二一把拉住我说："别追，你不要命了？老子让我爸爸办他！"

他爸爸在市里管公安的部门里工作。

宋家老二的爸爸知道儿子被抢之后，大发雷霆，市里也指令迅速破案。但鸭舌帽一直没有再在这个城市出现过。

没有想到，喜事连连，更好的美事还在后头呢。突然平地一声惊雷响，整个世界被震惊了。

高考制度恢复了。

恢复高考制度是中国发展过程中重要的历史事件，奠定了几十年发展的中国奇迹，也改变了无数中国人的命运。不得不说，机会是留给有准备的人的，1977 年恢复高考后的成功上岸者，也都是些有准备的人，或者是临时准备得比较好的人。学校也迅速准备起来，在各年级分别挑选成绩好的学生组成一个理科快班，作为精锐部队，以盼取得胜利。能够进入快班的人，也是有准备的人，或者是临时准备得比较好的人，我也有幸成为其中之一。学校为快班配备了各科最好的老师，加大了晚自习的辅导力度。从效果看，学校的快班措施十分得力，每年学校有十个左右的高考本科录取者，均出自快班。文科基础薄弱，加上招生名额奇少，学校的文科高考本科录取率一直为零，全市也是几乎为零。

我在初一的时候进入快班，但到了初三的时候，市里突然改变了政策，宣布四中、五中可以优先录取中考后全市（含所属县市）各校的成绩最优者，一中等校可以优先录取全市（不含所属县市）各校的成绩最优者。其他各校根据自身情况，录取剩余的志愿学生。这意味着四中、五中、一中等将集中全市的最好的学生。其他学校的学生基本上没有希望通过高考了。发展中学校长与教导主任老方整日愁眉苦脸，唉声叹气。一天，老方兴冲冲推开校长办公室的大门，笑眯眯地凑近校长耳朵耳语一番，校长紧皱的眉头一下子舒展开了……

老方是搞体育出身的，人长得壮壮实实，皮肤黝黑，一双小眼睛不时地在滴溜溜转，不像一般体育老师那样的头脑简单四肢发达。别看老方腿短脖子粗，但却是一个非常优秀的教练员，他训练的校足球队、校田径队在国家、省里、市里都取得过好名次，为国家队都输送过人才。

校长是个干巴瘦的小老头，平时不苟言笑。但听了老方的建议，也是一下子笑逐颜开。

"好你个老方，釜底抽薪之计呀。"校长夸奖老方。

"是校长英明。"老方不失时机谦虚地说，老方知道任何时候都不能与校长争功，因为自己与校长不是竞争对手。

"哈哈哈哈！"校长办公室传出一阵欢快的笑声。

根据校长的指示，我们这届初三的快班学生，在中考前，整班成建制地取消原番号，编入上一个年级即高一年级的第八班，第八班是新的番号。这样就规避了中考，即不用参加中考直接升入高中。初三快班的原班人马就这样被保留下来了。等到中考后各学校按照市里规定的分数招上来学生以后，我们学校的这个第八班整班成建制地取消原番号，与学校录取的其他高中学生编入同一个年级，又恢复成年级快班。通过如此瞒天过海的操作，校长保留了发展中学最好的种子。我也是被腾挪的棋子之一，深刻领会了学校的高明政策。通过这批火种，两年后从该班里走出了十几个本科大学生，比四中五中还多。这充分说明，生源永远是最重要的。

校长老头每天笑呵呵的，以为会得到上级的表扬。

很快，四中、五中告状，校长的阴谋诡计被教育局发现了，校长受到严厉的批评，并被责令立即进行整改。此后，发展中学初中快班的人均考入了四中、五中，以致发展中学许多年都成了高考零生校，一个本科大学生都没有。校长一气之下，辞职不干，找个理由提前退休了。

当时发展中学高中各年级还专门设有一个文科班，其他班级均是理科班。我是在高二上学期，距离高考还有半年多时间的节点从理科班快班转入文科班的。当时所有的老师均不同意转班，因为发展中学理科快班一般有十个左右的人可以考入本科高校，而全市的文科生考上本科的只是个位数，发展中学更是没有实现零的突破。

后来之所以能够理转文成功，与我坚持退学有关系，我在家里待了半个月的时间坚决不去学校，于是各方妥协了。校长说："文科理科都是国家需要的学科，不能厚此薄彼。我的儿子轩子也在文科班嘛，怎么能说文科班不好？"原来，校长是轩子的父亲，从牛棚被解放出来以后，在发展中学当了校长，一心一意想做出一些成绩来。

我理转文的想法也是临时起意，从初一以来一直在理科快班，我对理科有些逆反，加上没有一个人赞同，所以更加逆反。如果当时有人赞同理转文，我一定会犹豫不决，拖拖拉拉这事就过去了。所以，有时候反对，实际上是无效果的支持，支持，才是有效果的反对啊。

事实上我理转文并不是一个好的选择，学校的好老师是有限的，得首先满足理科这个主力大部队的需求。文科班的老师配备自然退而求其次，有老弱病残者，也有作战经验丰富者，关键看生源材料。文科班生源材料是30多个学生，有一些是上年级文科班再来复读的。这些材料学习上说不上特别优质，但情商绝对优质。与理科重点班的死气沉沉相比，文科班显得生机勃勃。加上文科班的美女众多，个个多才多艺，一时间文科班成了学校的中心。四合院的赵家小姐、孔家小姐、七化建大楼的杨天天也在文科班，杨天天后来恢复得很好，有时还跳起了芭蕾舞。她们走到哪里，哪里就是学校的一道风景线。

但那时候多数的男同学还不解风情，对身边的女同学关注关心不够，也不知道女同学叽叽喳喳的每天在想些什么、玩些什么。

当时，宋家老二的哥哥宋家老大上山下乡去了，后来赶上恢复高考，宋家老大幸运地考上大专去了外地上学。宋家老二学习没有哥哥好，就进入了文科班。

軒子的"斗鸡"有一股狠劲，但軒子眼睛开始近视了，在"斗鸡"中经常分不清敌我，乱斗一气，遭到小军军的臭骂。迫于压力，軒子便戴起了钢丝近视眼镜。其实我的眼睛也与軒子一样非常近视，但听说一旦戴上了眼镜，就永远取不下来了，而且视力也会逐渐下降，所以我坚持不配眼镜，每次上课我都要仔细地眯缝眼睛，才能大概看清黑板上老师写的字，班主任朱老师调侃说："再不配眼镜，你这是抓瞎呀。"我仍然坚持自己的想法。后来，班主任朱老师没有办法，就把我从最后一排调到了前面第二排，以便我眯缝眼睛的时候可以节省一点眯力。于是我与宋家老二同桌。

宋家老二非常高兴，因为考试的时候可以看我的答案了。我与小壮哥同桌的时候，我们在学校的考试有分工合作，他喜欢记忆，所以政治历史归他，数学外语归我。我们分头准备，互相帮助，互看答案。这种合作方式虽然投机取巧、省时省力，但在正式高考的时候却吃了大亏，前车之鉴啊。

当时我的其他课程成绩一般，数学比较好，参加过全市的数学竞赛并获得奖励。但与宋家老二同桌，相互帮助就成了历史。宋家老二成了单向受益者，一次数学抽考，宋家老二竟然考了跟我一样的分数——99分。宋家老二脸红了，连说："不好意思，抄多了，抄多了。"

宋家老二知道自己"斗鸡"的武力值弱，所以他从不主动攻击，因为主动攻击肯定会被反杀。他的任务就是躲躲藏藏，避免被攻击，待大部队胜利后，再出来分享胜利成果。但他一看见孔家小姐，手和腿就不知不觉地分离，甘愿失败了，然后尾随孔家小姐而去。

有一次，在"斗鸡"战争越来越激烈的时候，軒子见宋家老二抬着个腿，四处张望，知道他一定在盼望偶遇孔家小姐。軒子哀其不幸，怒其不争，就静悄悄地摸到了宋家老二的身后，一个快冲偷袭，将宋家老二一下子撞翻在地。特别尴尬的情形出现了，在宋家老二被撞翻倒地的最尬时刻，孔家小姐不合时宜地出现了……

我从来没有见过如此恼羞成怒的宋家老二，平常碰到这种情况，他都会在地上耍赖一会儿再起来，但现在，他顾不得疼痛了，一骨碌从地上爬起，来不及拍拍屁股上的灰尘，就快速得像一只饿狼一样扑向了轩子，两人很快扭打在一起……

由于众所周知的原因，宋家老二对"斗鸡"彻底失去了兴趣，下课或者上课前的空闲时间，宋家老二不再参与"斗鸡"。宋家老二爱上了篮球，有空便拿个篮球去投篮。宋家老二与小壮哥无冤无仇，所以经常邀请小壮哥同去。我对老二说："别叫他了，人家在认真复习呢！"

宋家老二一脸的不屑："球，这么多年全校文科都是全军覆没，别做梦了。"

宋家老二见拉不动小壮哥，便硬拉我去玩，说："别搞球了，咱们的青春自己做主。"我被宋家老二的破道理说服了，因为历史的数据摆在那里，是得面对现实，丢掉不切实际的幻想，我成了宋家老二篮球场上的忠诚伙伴。有时候也有同学来篮球场观看，但从不下场，因为怕耽误时间。但他们不知道，只要来看就是捧场，下不下场都没关系，年轻人图的是人前疯的表现。特别是宋家老二见孔家小姐、赵家小姐、杨天天在篮球场旁边观看，就像打了鸡血似的，立即来了一个漂亮的三分球，并用手一摸一甩并不长的头发，显得十分酷。几个女生嘀嘀咕咕一会儿，嘻嘻哈哈各自散去，宋家老二没有了劲头，也收工不投了。

当时，虽然学校严重存在着宋家老二所说的"这么多年全校文科都是全军覆没，别做梦了"那样消极的氛围，但老师也没有完全躺平，偶尔也会四处打听一些考试秘籍，然后油印一些复习资料给一些同学，作为对本科重点培养对象的加餐。

我们谁也不知道哪个老师给了哪个同学什么油印复习资料。有时候个别拿到油印复习资料的同学会做些摘抄，然后将摘抄给与自己关系好的同学看。有一次，軒子拿给我一份油印复习资料，说是历史老师给的，千万不要给小壮哥看到。当时我与小壮哥同桌，晚自习的时候，我在临摹小壮哥带给我的一本名家钢笔画手稿。该手稿立意高雅，线条流畅，我聚精会神地临摹钢笔画，根本没有时间看軒子给我的油印复习资料，我就把油印复习资料给了小壮哥看。但軒子很快知道了，以后就没有给我看过油印复习资料。小壮哥对我说："我与軒子是旗鼓相当的竞争对手，他当然不希望给我看到油印复习资料。你以后不要给我看了。"我忙安慰小壮哥："国家那么大，不在乎多咱们一个、两个的。高考又不是咱们班内部的竞争。"后来才知道，軒子不愿意帮助小壮哥，是因为小壮哥在"斗鸡"中打败了他。所以，以后遇到有输赢的项目，不一定要次次显山露水，有时候故意的输，实际上是有意的赢。

人世间的事情纷繁复杂，任何时候都有趣味相投的人凑在一起。所以小团体的相互帮助，是因为他们趣味相投，彼此吸引。一个人要想成功，就是要快速找到与你趣味相投的人，而不是跟与趣味不投的人消磨时间。但事情都不是一成不变的，不知道什么原因，以前形影不离的赵家小姐与孔家小姐，现在换成了赵家小姐与杨天天，她们俩成了闺密，形影不离。这印证了一个道理，漂亮的人容易聚在一起。这也印证了另一个道理，天下没有不散的筵席。

词曰：红粉，红粉，出生平萱人家。无拘无束相加，甘愿奉献花华。花华，花华，满目雍容无价。

赵家小姐与杨天天晚自习后一起回家，学校有不少同学喜欢赵家小姐、杨天天，也有同学在晚自习后一路跟随她们，直到她们回家才转回自己的家，但却无人敢去追求。因为据赵家小姐透露：杨天天早已定亲，白马王子是部队军官。据杨天天透露：赵家小姐早有心仪的对象，是她小时候的邻居。既然人家已经透露，再上赶着不是找别扭吗？不管她们的话是真是假，赵家小姐与杨天天的此地无银三百两，目的一目了然：减少麻烦，安心学习，一心备考。于是追求者死心了，把写给她们的情书悄悄烧掉了，像歌词写道："让这段情埋在心底，直到永远……"

但宋家老二仍然坚持他的追求。在我估计他快要修成正果的时候，不料宋家老二急匆匆地找到我，气急败坏地说："气死人了，你知道我看到了什么？"

"什么？"我一无所知。

"看到了靳子，他晚自习后送孔家小姐回家！"

"啊？!"我也大吃一惊。靳子虽然与班上的同学不怎么交流，但与我还是很谈得来，但他也没有透露孔家小姐半句。

"装什么装，肯定与你有关系。"宋家老二气愤地说，"如果是你牵线搭桥，咱们绝交。"

我急忙去问靳子，靳子矢口否认，说如果你认为合适，为什么不给我牵线搭桥？

我一下子得罪了两个同学。

班主任朱老师是个马列主义老太太，知道了文科班的一些恋爱的苗头，在班上严肃强调："高考前严禁恋爱，违者开除出文科班。"恋爱的苗头似乎被刹住了。

谁也没有料到，传说中杨天天的白马王子部队军官，原来是被来校招考空军飞行员的队伍预录用的小军军。过了那天晚上，小军军要赴省城参加招飞复考，然后……

杨天天和小军军被开除出了文科班，据说他们以后都去了外地。

很快就要高考了，虽然高考"压力山大"，但与理科班比，文科班的气氛相对轻松一些，有些同学还完全是一种放松的自然心态，这种自然心态记录的成长过程，成了以后特别美好的回忆，大家有时间彼此相互交流，增进情感，为日后的和谐关系奠定基础。所以毕业后的文科班同学们非常团结，甚至彼此成了一生的朋友。文科班也非常出彩，不仅有学者，而且还诞生了许多优秀的企业家、银行家、收藏家等成功人士。

在文科班自由成长的环境里，没想到，我的成绩不降反升，预考之后，我就成了文科班的第一名，而且成绩排在市里的前茅。预考后文科班有 15 名同学取得了正式参加高考的资格，这些都是以前所没有过的。

值得说明的是，没有取得参加高考资格的同学可以获得高中毕业证，正式毕业了。高中毕业已经非常了不起了，许多单位争相招用，所以大家非常高兴。如宋家老二虽然没有通过预考，但被市里的派出所招录了，成了一名正式的人民警察。宋家老二拍着胸脯自豪地对我说："兄弟，自从红衣女子救了我的命，我就发誓以后要好好保卫她们。而且以后你也再不用担心什么披肩长发的墨镜青年、鸭舌帽了，找我，统统收拾他们。"

我高兴地说："祝贺你，你们是要好好整顿整顿社会治安秩序，好好保护人民。"宋家老二踌躇满志，对未来显得信心十足。

文科班预考成绩超过以前，学校领导、老师也都非常高兴。

"文科班有希望了，"校长在开会的时候强调："要让希望变成现实。"

学校各部门根据校长的指示，给文科班班主任朱老师下达任务：要保住优势，实现突破。老方也经常偷偷来文科班看一眼，然后给校长去汇报。

文科班班主任朱老师召集文科班教师们开会，布置任务。以前大多数都是无精打采的文科班教师们开完任务布置会后，精神变得振奋起来，他们仿佛看到了学生的希望，也看到了自己的希望。

朱老师善于举一反三。她见教师们的积极性调动了，觉得光靠学校还不够，应该家校联动，双管齐下。文科班班主任开始召集家长开会，布置任务。以前无精打采的文科班家长们开完任务布置会后，精神振奋起来，他们仿佛看到了子女的希望，也看到了自己的希望。

朱老师最后把我的父母留了下来，告诉了他们我的预考成绩。父母有些吃惊，连呼"没想到"。

朱老师说："没想到不要紧，但不能没做到。现在大战当前，家长要全力配合。你们家长要全力做好后勤保障，不许倦怠和推诿。"

父母点头应诺。

朱老师严肃地说："别光点头，你们有没有点具体的措施？"

父亲说："扫地抹桌子这样的家务活不让他干了。"

母亲说："饭给他多分一些，让他一定吃饱。"

朱老师笑笑说："还有精神上的，多鼓励，多赞美，多讲他爱听的话。"

见父母面露难色，朱老师说："好啦，去做你们能做得到的吧。"

当天晚上，父母破天荒地买了麦乳精说给我补补身体，并告诉我说以后家务活不用我干了。

我还没有说话，妹妹又不合时宜地出现了，说："发展中学文科高考都是零，老师都没有信心，麦乳精大家分分吃吧。"父母说："反正快高考了，家务活你先干着吧。"

妹妹悻悻而去，嘴里嘟囔："还有 720 天我就要高考了。家务活让弟弟干着吧。"

我的心里突然一阵不安起来，因为我想到了算命先生。

芝芝老师结婚的时候，即保小学的同学都去看她。在她简陋的宿舍里，我遇到了长须飘飘、仪表不凡的算命先生——芝芝老师的父亲，我感觉到了一股仙气。记得小时候，爷爷奶奶的老土屋开始重新修建的时候，曾从县城请来了风水先生，先生眼戴薄片墨镜，身穿中式长袍，佩戴念珠，头戴毡帽，长须飘飘，仙风道骨。但我一直糊里糊涂，不知道那个从县城请来的风水先生，是不是芝芝老师的父亲。

对于芝芝老师的父亲，由于给隔壁太奶奶的干儿子算命，舍人为己，闹出了一个笑话。所以我对他的信任度有所降低。遇到芝芝老师的父亲的时候，我欲避开，不料，芝芝老师的父亲叫住了我。"你也是芝儿的学生？"芝芝老师的父亲面无表情地问我。

我见躲不过去，只好与他对话："是，我是芝芝老师的学生。"

芝芝老师的父亲说道："我是你们芝芝老师的父亲，一个算命先生，不过我现在不算命了，芝儿不让。我一直没有再给人算命，直到我现在看到了你。"

我知道躲不过去了，但还是问："为什么？"

芝芝老师的父亲说："我见你相貌奇伟，就免费为你算上一卦。如果算得不准，倒也无妨。如果算得准，但凭尔心。"

我忽然有了一股想算命的冲动。高考制度恢复了，我等是否有望？我很想提前知道，以便可以提前决定未来的计划。

如前所述，太奶奶的干儿子接受算命，是与其他去算命的人一样犯了两个错误，一是自然而然地接受了"相貌奇伟"这一评价，而不能实事求是地看待自己。算命先生这话可能是对所有人说的，然真正符合"相貌奇伟"的人可是不多的啊。二是算命先生"免费为你算上一卦"的承诺，使算命人觉得自己不会吃什么亏，所以就欣然接受算命。但算命人不知道的是，"免费为你算上一卦"的承诺虽然不假，但如果算得准，还是要但凭尔心。

不过，算命先生所言也委实不虚，因为如果算得准的话，适当的付出又何尝不可呢？我静下心来，看着芝芝老师的父亲，准备领教。

芝芝老师的父亲说："我知道你想算什么，我就不问了。"小英子、小芬、大蛾子、小胖、狗蛋、麻秆见芝芝老师的父亲长须飘飘、仪表不凡地开始算命，就都围了上来。

我说："好的，就算这个。"大蛾子蒙了，问："这个是什么？"

芝芝老师的父亲笑笑不答，他微闭双眼，手里、嘴里一番鼓捣，终于开了口："你命中有壬癸辛三奇，壬癸辛主好运。"

我说："结果到底如何？"

芝芝老师的父亲又一番掐指，最后果断地在半空中伸出了食指这一根手指。

大蛾子显然比我还着急，忙问道："你伸出一根手指是什么意思？"

芝芝老师的父亲不再言语，拂袖而去。留下小英子、小芬、大蛾子、小胖、狗蛋、麻秆在原地叽叽喳喳。

大蛾子问我："你们在搞什么鬼，算的什么运？"麻秆说道："这还不简单？给我们算，肯定是算高考中不中呀。"

大蛾子恍然大悟，突然又不解地问："那算命先生伸出一根手指是什么意思？"

小胖好像明白了，说："算命先生伸出一根手指头，他的意思很明显呀，是说一个都考不中。"

狗蛋点头同意，说小胖说的对，伸出一根手指头，就是说一个都考不中。

小英子说："照小胖的说法，算命先生是从否定的角度计算中不中的。

那如果他伸出两根手指头，他的意思是不是说两个考不中？只有两个考不中，中奖率是不是太高了？"

小芬说："我学会了一些推理，发现小英子问得好。算命先生不可能从否定的角度计算中不中，他应该正面回答求助者关切的问题。因此，算命先生伸出一根手指头，他的意思很明显，是说只有一个考中。"

大蛾子兴高采烈地说："啊，只有一个考中啊，那肯定是咱们的班长呀。我可是他的救命恩人。"大蛾子说完对我挤了一下眼睛。

麻秆说道："那还有没有其他的解释，比方说算命先生伸出一根手指头，他的意思是说只有一个考不中。"

我说："麻秆的思路也能够解释得通，虽然中奖率有点高。还有一种可能，中奖率更高，算命先生伸出一根手指头，他的意思是说一律都会考中。"

大蛾子突然变得比谁都聪明，补充说道："还有一种可能，如果考上的或者没有考上的人数超过一个人，命先生伸出一根手指头，他的意思是说考中或者考不中的人数不止一个。"

小芬生气地说："这个算命先生简直太狡猾了，怎么样都是他说的对。"

狗蛋说："走，找他算账。"

我赶忙拦住说："他是芝芝老师的父亲，又没有骗财骗色，不要为难他，大家哈哈一笑就当图个乐呵乐呵。"正在这时，芝芝老师来喊大家吃饭。小伙伴们见芝芝老师的父亲算命先生端坐首位，高深莫测地看着我们，大家对他竖起了大拇指。

算命先生芝芝老师的父亲的算命活动，让我的心里七上八下的一直没底，不知道自己是能考上还是不能考上，所以弟弟妹妹干家务活的时候，我也屁颠屁颠地去帮忙，怕考不中以后非常尴尬。

意想不到的是，家校联动果然威力巨大，在社会各界各方面力量的大力支持下，我幸运地为发展中学文科实现了本科零的突破。与此同时，我也对算命先生的"准确"性颇为佩服，的的确确文科班是"有一个考中了本科"，但也还有"十几个人考上了大专、中专"，不管怎样，算命先生的结论都是正确的，得抽个时间去感谢芝芝老师的父亲这个算命先生。

高考成绩出来以后，我毫无顾忌地正式把扫把、抹布统统交给了弟弟妹妹，退出了与他们之间家务活的竞争，凸显出了"一哥"的地位。弟弟妹妹你推我让的，家务活没有了主心骨。

老方是校长的心腹，校长对他委以重任，派到省城去打探各校的录取分数线，并为每个过线的考生量身定做高考志愿。老方的工作卓有成效，理科班有十几个人被本科大学录取，文科班的我被 Z 大录取。文、理科班还有考上大专、中专的共三十几个人。

赵家小姐、孔家小姐考上了市里的中专学校，靬子考上了省里的中专学校。

小壮哥考上了美术学校，后来成了市里非常有名的画家。但小壮哥的表哥，绘画的成就比他还大，曾许多次参加了全国美展。小壮哥的表嫂，原本是一位四大银行的基层负责人，金融业务做得非常成功。但自从她看见小壮哥的表哥画画以后，不再觉得画画多么的高大上，原来画画就这么回事，她辞职不干，自信地拿起画笔，后来竟然比小壮哥的表哥画得还有名气，成了美术协会的领导人。所以，每个人都有自己擅长的地方，就看有没有机会发挥。现在的考试制度是千军万马走一条路，本来就擅长走路的人就如鱼得水，其他人则是陪走，虽然适合他们的路不是这条路。走向社会以后，随着摸爬滚打，又有一些人找到了适合自己走的路，成了领路人，但大部分人都没有找到自己的路，一直成为陪走的人。所以，没有找到自己的路是大多数人必须面对的一个客观现实，开开心心快快乐乐过好生活，就超过了许多人了。

收到录取通知书后，学校在正大门用大红纸，为每一个录取本科的人，用毛笔工工整整地写上榜书大字，内容是×××，××大学××专业录取，贴在大门的正门梁上，贴了满满的一大排。参观、围观的人群络绎不绝，大家都想来拜上一拜，讨个好彩头。校长和老方几乎天天都会来正大门打卡，只要对着门梁望上一望，校长就会老泪纵横："中啦，孩子们中啦！"老方扶着老校长，也是泪水盈眶。这些宣传的形式对群众是一种无声的影响，也是学校的招生广告，起到了很好的效果。

我当时写了一首诗，安慰一名落榜的同学：

朋友，快别这样
——写给一个落榜的同学

爽朗的你，没有了笑声。

倔强的你，老低藏着头。

这还是你吗？和以前迥然不同。

是后悔吗？后悔萤雪苦功付诸东流，

是悲伤吗？自觉脸上无光、前途渺茫。

朋友，快别这样。

虽然落榜，但并非十年耕耘徒劳一场。

成败理然，别人不会把你另眼相望。

将来不等于过去加现在。

塞翁失马，不必为过去忧伤。

复读、自修，遨游的天地云宽楱广。

卧薪尝胆，奋发图强，

你抬头看看，四周众人期待的目光。

　　不过，当时的同学们继续深造也有很多机会，电大、函大、自考等形式多样，本专科、研究生层次多种，是金子总会发光的，一些人才通过社会学习的形式也能够脱颖而出，服务社会。

　　暑假期间，收到录取通知书以后，我从×市回了趟即保，感谢即保对我的启蒙教育。

　　我的到来，使爷爷奶奶非常兴奋，毕竟是村里出来的第一个大学生嘛。隔壁太奶奶笑呵呵地说："好啊，咱重孙子没有忘本。"

　　麻秆、小胖、狗蛋、小英子、小芬、大蛾子都赶来祝贺。麻秆、小英子考上了中专师范学校，小胖说他本来学习成绩可以，总担心地主成分受影响，所以后来就没有继续读书，而是到县城打工积累经验。他看好农产品加工、销售，准备筹备资金办厂，后来小胖说到做到，并把工厂在外地城市开了分厂，成功地发家致富。狗蛋、小芬、大蛾子没有上高中，在帮助家里干农活，狗蛋听了小胖的计划，也准备学小胖出去打工，找到发财的财路，回来介绍给乡亲。小芬自豪地说："我现在还是个民兵，破个鸡毛蒜皮的案件一点问题都没有。"大蛾子说："就你那三脚猫的功夫，骗别人可以，我你可对付不了。"我点头称是："大蛾子最适合当民兵。"大蛾子说："我现在是副队长，管民兵的。"大家都称赞大蛾子级别最高。

　　从小伙伴的发展情况看，农村也很适合年轻人的发展。虽然农村完全靠学习改变命运的出路还不能够完全成为现实，但条条大路通罗马，国家已经有非常多的促进经济与个人发展的优惠政策，很多领域还待开发，改革开放注定让会先行先试的人尝到甜头。学习外来的成功经验的人，会抓住机遇。土地承包了，农民的自由度增加了，领导敲破锣喊叫家家户户统一出工的景象不会出现了，大家灵活掌握自己的事情，也可以进行选择，土地由别人种，自己选择从事加工或者流通领域，各家的日子慢慢红火起来了。由于经济条件的改变，农村人对教育的重视程度也与日俱增了。

为了感谢乡亲们的关照与帮助，爷爷奶奶在老土屋前面的小广场专门杀大肥猪设流水席招待，农村大厨架起大锅，各家提供了桌椅板凳把小广场摆得满满当当，随着锅碗瓢盆奏响，粉蒸肉、蒸排骨、珍珠丸子、酥肉、红肉、啤酒鸭、童子鸡、红烧鱼、炒腊肉、土鸡蛋等当地特色菜热气腾腾上桌，男女老少，齐聚一堂，鞭炮齐鸣，大人们在相互发烟，小孩子们在一桌一桌间乱窜，像过年一样高兴，因为难得的一次全村聚会打牙祭，最高兴的是孩子们。奶奶让小胖、狗蛋搬出了她那小卖部里适量掺水的酒坛子，麻秆、小英子、小芬、大蛾子帮着上菜。建国和芝芝老师驾到，芝芝老师已经担任学校的校长了，我们一帮过去的学生全都围了过去。芝芝老师非常高兴地说："希望你们考上学的，毕业后都回到家乡，培养出更多的人才。这比一个人的成功更重要。"芝芝老师还当场赋诗一首："即保小学素质高，研学不忘砍柴刀。一飞冲天育人才，强基造就体美劳。"

大虎是带着小赟夫妇来的，大虎说："别整没用的，俺爷几个保证，饭后老少爷们理发的，费用全免。"大伙一阵欢呼。发财、致富两位表亲立即跟上说："对，俺兄弟保证，饭后老少爷们打家具木工活的，费用全免。"

二虎说："瞧瞧你们，别整庸俗的，咱们今天是高雅的聚会，说真的，培养人才，小学有功劳，队里更有功劳，咱们是源源不断地输出源啊，有了第一个大学生就会有第二个、第三个，希望咱们大队以后出更多的大学生。"二虎的话情真意切，大家欢呼赞同。想不到一年也说不了几句话的二虎，这一下子说了这么多。

原漂亮小寡妇现二虎媳妇用手捅了捅二虎，笑着说道："你让俺肚子一直瘪，咋第二个、第三个？"大伙哄堂大笑起来。七爷开玩笑地说："不行找我，我年轻些。""呸！"二虎媳妇一口浓痰吐向七爷："你还不是个外强中干的家伙。"大家又是一通大笑，有人问二虎媳妇："你咋知道外强中干，试过?"小英子、小芬、大蛾子一帮女生的脸红了。

二虎假装虎起了脸，开玩笑地抱住媳妇："快吃饱喝足，咱一会回去干活。"大家笑得前仰后合。隔壁太奶奶久久拉住我的手不放，说："咱们这个地方好啊，要常回来。"说完又要抹眼泪，七爷赶紧扶住了她。

随着时间的推移，二虎的愿望都得到了实现，大队里陆续出现了第二个、第三个大学生。不过，现在来看，没有考上大学的人，有自己的情商，有自己的处世方式，有自己的生活圈子，各自也都有自己的出息，或者其子女很有出息，他们或者他们的子女，甚至比考上大学的人，或者考上大学的人的子女还要好。因为社会不是完全比成绩，而是一场综合的比赛。所以，无论如何，有人就有一切，有人才有一切。

从事实上看，一个家族可能某些时候优秀，某些时候一般，最后平均看，各家族的平均成绩是几乎差不多的。如果放眼更长的时间，应该更是如此。所以，任何时候，都不要自吹自擂，大吹法螺。

不过我还是感到高兴，因为这毕竟是自己取得的成绩。如果没有考上，可能是另外一种人生，我其实也非常憧憬另样的人生，不过这是不可能选择的了。

其实我不是一个选择的高手，我特别不喜欢选择，如果面临着选择，我一般会后悔自己当初的选择。但谁知道，生活里还要面临多少个选择呢?

"大学生，别胡思乱想了，咱们大家一起来为未来干杯。"二虎打断了我的思绪，大家一起摇旗呐喊，各桌的人都全部起立，山呼海应，突然好似降下了无数天兵天将，个个威风凛凛，伫立两旁，放眼四望，黑压压一片，见首不见尾。恍恍惚惚中，我看到了大王，小王，J、Q、K众将……

不知道过了多久，我艰难地睁开了眼睛。

"咦？"我怎么躺在病床上，旁边站着小警察和小护士。小警察伸手摸我的头说："太好了，你终于醒了。告诉你一个好消息，我们已经抓获了偷窃电脑的人，根据他的交待，我们立即去抓店主。唉，还是晚了一步，在我们抓住店主之前，你被打晕了。我们赶紧送你到医院救治。你看，你的电脑也追回来了。"小护士将电脑递给我。

我接过电脑，泪水控制不住地滴在银灰色的机壳上。一缕不易觉察的淡淡的薄雾，渺渺升起，不断幻姹，起飘越远……

我知道，好戏开场了。